행복해지는 가장 간단한 방법

행복해지는 가장 간단한 방법
ⓒ 공존, 2009, 대한민국

2009년 4월 10일 1판 1쇄 펴냄
2023년 10월 20일 1판 9쇄 펴냄

지은이 헬렌 켈러
옮긴이 안기순
펴낸이 권기호
펴낸곳 공존
출판등록 2006년 11월 27일(제313-2006-249호)
주소 (04157)서울시 마포구 마포대로 63-8 삼창빌딩 1403호
전화 02-702-7025 팩스 02-702-7035
이메일 info@gongjon.com
홈페이지 www.gongjon.com

ISBN 978-89-958945-6-9 03840

행복해지는 가장 간단한 방법

헬렌 켈러 지음 | 안기순 옮김

헬렌 켈러의 희망과 긍정의 인생 예찬

꿈꾼

보이지 않으면 삶의 밝은 면이 보인다.

헬렌 켈러

일러두기

※'저자'라고 표시한 것 이외의 모든 주(註)는 옮긴이의 설명이다.

※성서 인용은 여러 우리말 번역본을 참조하여 본문에 맞게 하였다.

◁◁ 현관에 서 있는 헬렌 켈러. 1914년.

차례

나의 이야기

My Story

1894

※1894년 1월 4일 아동 잡지《유스 컴패니언(The Youth's Companion)》
에 실림.
※"이 이야기는 보지도 듣지도 못하는 열두 살 소녀가 다른 이의 도움을
전혀 받지 않고 쓴 글을 그대로 실은 것이다." ―《유스 컴패니언》편집
자 주

정신, 정신만이
빛이고 희망이고 생명이고 힘이다!

    나는 12년 전 어느 밝은 6월 아침, 앨라배마 주 북부의 쾌적한 작은 마을 터스컴비아에서 태어났다. 내 삶의 시작은 여느 아이들처럼 온전했다. 이 아름다운 세상에 태어났을 때는 볼 수도 들을 수도 있었기 때문이다. 물론 태어나고 한동안은 새로운 보금자리에 있는 그 무엇도 알아보지 못했다. 그저 어머니의 부드러운 품속에 편안히 누워 마치 내 작은 가슴이 막 떠나온 세상의 달콤한 추억으로 가득한 것처럼 미소를 지었다.
    나는 이 세상에 오기 전에 아름다운 어딘가에서 신과 함께 살았다고 생각하곤 했다. 그래서 늘 신이 나를 사랑한다고 생

헬렌 켈러가 태어난 집 아이비 그린(Ivy Green). 1934년.

각했다. 심지어 내가 신의 이름을 잊어버렸을 때조차도.

사물을 알아보면서 내 푸른 눈동자는 놀라워하는 즐거움으로 가득 찼다. 아름답고 짙푸른 하늘을 오랫동안 바라보았고, 나와 숨바꼭질하러 온 황금빛 햇살을 잡으려고 자그마한 손을 뻗었다. 행복한 아기 시절은 그렇게 지나갔다. 다른 아기들처럼 울고 웃으며 자랐다.

그러는 동안 내게 '헬렌'이라는 이름이 주어졌다. 헬렌은 '빛'을 뜻한다. 어머니는 내 삶이 대낮처럼 환하기를 바랐다.

물론 어린애 시절의 기억은 거의 떠오르지 않는다. 빛이 가득한 긴 여름날과 맑은 햇살을 받으며 노래하는 새의 목소리는 기억에도 가물가물하다. 그렇지만 아름다운 꽃과 향기로운 나무가 우거진 드넓은 숲에서 길을 잃은 기억은 마치 어제 일처럼 떠오르는 듯하다. 키 큰 식물 아래 서 있는 내 곱슬머리 위로 꽃잎이 뚝뚝 떨어졌다. 나는 꽃들 사이로 가볍게 움직이는 빛의 조각을 보았다. 아마도 새 아니면 나비였을 것이다. 나를 부르는 귀에 익은 목소리가 들렸다. 하지만 장난치고 싶어서 대답하지 않았다. 그래도 어머니가 나를 찾아 품에 꼭 안아주었을 때는 정말 좋았다.

한 살이 되던 날에는 드디어 두 발로 서서 걷기 시작했다. 그때부터 햇빛이 찬란한 여름 내내 나는 잠시도 가만히 있지 않았다. 어머니는 내가 이리저리 걸어다니고, 웃고, 놀고, 뜰

망똘망똘한 눈망울로 반가워하며 재잘거리는 모습을 지켜봤다. 나는 어머니에게 하나밖에 없는 자식이었다. 어머니는 귀여운 헬렌만큼 어여쁜 아기는 세상에 또 없다고 생각했다.

저녁에 아버지가 집에 돌아오면 현관문까지 뛰어나가 아버지를 맞이했다. 아버지는 힘센 팔로 나를 번쩍 들어올려 내 얼굴을 가린 헝클어진 곱슬머리를 뒤로 쓸어 넘겨주었다. 그러고는 "우리 귀여운 아가씨가 오늘은 뭘 했을까?"라고 하면서 수도 없이 뽀뽀를 했다.

하지만 그토록 밝은 여름은 끝나고 겨울이 찾아왔다. 태어난 지 19개월 된 춥고 우울한 2월에 나는 몹쓸 병에 걸리고 말았다. 그때의 기억은 지금도 가물가물하다. 어머니는 내 작은 침대 옆에 앉아 열이 나서 신음하는 나를 애타는 심정으로 돌봤다. 어머니는 "하느님 아버지, 제발 우리 아기의 목숨을 살려주십시오."라고 간절히 기도했다. 하지만 열은 점점 올라 눈이 불덩이가 됐다. 며칠 동안 나를 돌본 친절한 의사 선생님은 내가 죽을 거라 생각했다.

그런데 원인도 모르게 갑자기 올랐던 열이 어느 날 이른 아침에 감쪽같이 내렸다. 나는 편안한 잠에 빠져들었다. 부모님은 내가 살아났다는 것을 알고 뛸 듯이 기뻐했다. 하지만 부모님은 그 무시무시한 열이 나의 시력과 청력을 빼앗아갔다는 사실을, 내 어린 삶에서 모든 빛과 아름다운 소리와 기쁨을 빼앗아갔다는 사실을 내가 병에서 회복하고 나서도 한참 동안은 알지 못했다.

마침내 그 슬픈 사실을 알게 된 부모님은 귀여운 딸이 더 이상 아름다운 빛을 보지 못하고 사랑하는 사람의 목소리도 듣지 못한다는 생각에 괴로워했다.

하지만 나는 너무 어려서 무슨 일이 일어났는지 몰랐다. 깨어나 보니 사방이 온통 어둡고 조용해서 그저 밤이라고 생각한 것 같다. 아마도 처음에는 날이 새는데 어째서 이렇게 오래 걸리는지 궁금했을 거다. 하지만 나를 둘러싼 침묵과 어둠에 점점 익숙해져서 낮이 있었다는 사실조차 잊어버렸다.

나는 어머니의 따스한 사랑을 빼고는 지난 모든 걸 잊어버렸다. 아무 소리도 들을 수가 없었기 때문에 나의 아기 목소리마저 잠잠해졌다.

하지만 전부를 잃어버린 것은 아니었다! 시각과 청각은 신이 나에게 내린 아름다운 축복들 가운데 단 두 가지였을 뿐이다. 신의 선물 중 가장 소중하고 가장 놀라운 것은 여전히 나에게 있었다. '빛은 영원히 사라져버렸지만' 정신만은 여전히 맑고 활기찼다.

나는 회복하자마자 주위 사람들이 하는 일에 관심을 가졌다. 어머니가 집안일로 이리저리 다닐 때는 어머니의 옷자락에 매달렸다. 작은 손으로 온갖 물건을 만지고 모든 움직임을 감지했다. 나는 이런 식으로 정말 많은 것을 익혔다.

조금 더 자라자 주위 사람들과 의사소통할 수 있는 수단이 필요하다고 느꼈다. 그래서 나름대로 신호를 만들어 사용하기 시작했는데 부모님과 친구들이 금세 이해했다. 하지만 대개는 내 생각을 정확하게 표현할 수가 없었고, 그럴 때마다 분노의 감정을 그대로 드러냈다.

물론 부모님은 그토록 못되게 행동하는 나를 많이 걱정해서 어떻게든 교육시킬 방법을 찾으려고 애썼다. 마침내 부모님은 내게 선생님이 필요하다는 결론을 내렸다. 아버지는 로라 브리지먼(1829~1889, 체계적 교육을 통해 언어를 배운 최초의 미국 시청각장애인)이 교육받은 학교(퍼킨스 시각장애인학교)의 마이클 애너그노스 교장 선생님에게 편지를 보내 선생님을 보내줄 수 있는지 물었다. 애너그노스 선생님은 가능하다는 답변을 보내왔다. 그때는 1886년 여름이었고 나는 여섯 살이었다.

여동생 밀드레드가 그해 10월에 태어났다. 어느 날 낸시의 요람에 예쁜 인형이 누워 있었다. 낸시는 덩치가 크고 손을 심하게 탄 낡은 헝겊 인형이었다. 무심코 나는 밀드레드를 인형이라고 생각했다. 하지만 사실은 사랑스럽고 귀여운 아기였다. 처음에는 아기가 생겨서 좋았다. 하지만 조금 지나고 보니 아기가 나를 많이 방해하는 것 같았다. 나는 어머니의 사랑과 보살핌이 온통 내 것이라 생각했기 때문에 사랑스런 동생을 훼방

꿈으로 여기기 시작했다.

이듬해 3월에 선생님이 왔다. 땅은 새로운 생명으로 큰 기지개를 켜기 시작했고, 과일나무에는 꽃이 피고 있었다. 뜰에서는 흉내쟁이지빠귀들이 새로 둥지를 짓고 있었다. 정말이지, 선생님이 온 그날 저녁의 기억은 너무나 생생하다! 어머니는 나와 관련 있는 사람이 올 것이라고 미리 넌지시 알려주었다.

선생님이 도착했을 때 나는 현관에 서 있었다. 어머니가 나에게 뽀뽀하고 선생님을 마중하려고 기차역으로 간 뒤로 죽 현관에 서 있었다. 지금도 그때 일들이 전부 떠오른다. 나는 현관 격자문에 매달린 채 뭔지 모르는 것을 간절히 기다리고 있었다.

저물어가는 해의 마지막 햇살이 내 머리카락에 쏟아지면서 고개 든 내 얼굴을 부드럽게 쓰다듬었다. 그때 갑자기 내게로 다가오는 발걸음이 느껴졌다. 발걸음이 점점 가까워졌다. 나는 애틋하게 작은 손을 뻗었다. 누군가가 내 손을 잡았고 금세 나는 선생님의 품에 안겼다. 나는 호기심에 가득 찬 손길로 선생님의 얼굴과 손을 더듬었고, 선생님은 나에게 뽀뽀를 했다. 뭐라 표현할 수 없는 감정이 마음속에 밀려들었다.

우리는 서로에게 말을 할 수 없었다. 나는 선생님이 왜 왔는지 물을 수 없었다. 그래도 정신없고 엉겁결이긴 했지만 뭔가 멋진 일이 내게 일어날 것 같은 느낌이 확실히 들었다. 나는 처

푸들을 안고 의자에 앉아 있는 헬렌 켈러. 1887년.

음 만난 이 여선생님이 나를 사랑한다는 것을 알았다. 그리고 선생님의 사랑이 내 삶을 즐겁고 바람직하고 행복하게 만들어 줄 것만 같았다.

다음날 아침에 나는 선생님의 방으로 갔다. 선생님은 트렁크의 짐을 푸느라 몹시 바빴다. 하지만 선생님은 나를 돌려보내지 않고 짐 푸는 것을 도울 수 있게 했다. 짐 정리가 끝나자 선생님은 나에게 다정하게 뽀뽀하고 아름다운 인형을 선물했다. 인형은 정말 사랑스럽고 정교했다. 곱슬머리를 길게 늘어뜨린 데다 눈을 떴다 감을 수 있었고 입술이 도톰했다. 인형은 나름 정교했지만, 나는 금세 생김새를 다 파악했다. 그러고 나서 인형을 무릎 위에 가만히 내려놓았다.

그러자 선생님이 내 손바닥에다 손가락으로 천천히 "doll (인형)"이라는 글자를 그리면서 내게 인형을 만지게 했다.

물론 그때는 그 손가락 동작이 글자를 뜻하는지 몰랐다. 글자가 뭔지도 몰랐다. 하지만 손가락 놀이가 재미있어서 그 동작들을 따라하려고 애썼다. 그래서 금방 "doll"의 철자를 익혔다. 나는 곧장 아래층으로 달려 내려가 어머니에게 새 인형을 보여주며 내 작은 손바닥을 펴서 "doll"이라고 적었다. 어머니는 깜짝 놀라며 기뻐했다.

그날 오후 나는 "doll" 외에 "pin(핀)"과 "hat(모자)"의 철자도 배웠다. 하지만 그때는 모든 것에 이름이 있다는 사실을 몰랐다. 손가락 놀이가 내 마음의 감옥 문과 영혼의 창을 활짝 여는 마법의 열쇠라는 생각도 미처 하지 못했다.

선생님과 약 2주 동안 함께 지내면서 열여덟 내지 스무 개의 낱말을 익혔다. 그러고 나자 잠든 세상에 갑자기 해가 떠오르듯 손가락 놀이가 '내 영혼의 창을 활짝 여는 마법의 열쇠'라는 생각이 불현듯 들었다. 이 깨달음의 순간에 언어의 비밀을 알게 됐다. 내가 탐험하고 싶었던 아름다운 나라가 어렴풋이 보였다.

선생님은 머그잔과 그 속에 든 우유가 서로 이름이 다르다는 것을 내게 이해시키려고 아침 내내 애썼다. 하지만 나는 멍청하게도 계속 머그잔을 "milk(우유)"로, 우유를 "mug(머그잔)"로 적었다. 급기야 선생님은 내게 실수를 깨우쳐주려던 희망을 포기한 것 같았다. 선생님은 벌떡 일어서더니 내게 머그잔을 쥐어주었다. 그러고는 나를 집 밖의 물펌프장으로 데려갔다. 누군가가 물을 퍼올리고 있었다. 차갑고 신선한 물줄기가 콸콸 쏟아지는데 선생님이 내게 머그잔을 물줄기에 갖다 대게 하고선 "water"라고 적었다. 바로 '물'이었다!

'물'이라는 말에 내 영혼이 깨어나 아침의 활기와 환희의 찬가로 가득 찼다. 그날이 오기 전까지 내 정신은 말이 들어와 생각이라는 등에 불을 밝혀주기를 기다리는 어두운 방과 같았다.

물펌프장을 나서면서 나는 모든 걸 배우고 싶었다. 사촌 아

헬렌 켈러의 집 뒤뜰에 있는 물펌프. 1955년.

기를 안고 가는 간호사를 만나자 선생님이 "baby(아기)"라고 적었다. 처음으로 나는 아기가 정말 자그마하고 연약하다는 걸 느꼈다. 그리고 또다른 내가 있다는 생각도 하게 됐다. 나는 아기가 아니라 '나'여서 좋았다.

그날 나는 정말 많은 말을 배웠다. 그 말들을 전부 기억하지는 못하지만 그중에는 "mother(어머니)", "father(아버지)", "sister(언니/여동생)", "teacher(선생님)"가 있었다. 그날 밤 침대에 누워 낮에 느꼈던 즐거움을 다시 떠올리며 생전 처음으로어서 새날이 밝아오기를 간절히 바랐다. 세상에 나보다 행복한 아이는 없을 것 같았다.

다음 날 아침에 기쁜 마음으로 일어났다. 손에 닿는 모든 것이 살아서 꿈틀거리는 듯했다. 내게 주어진 새롭고 생소하고 섬세한 '시각'으로 모든 걸 보았기 때문이다. 나는 그 후로 화를 내지 않았다. 친구들이 내게 하는 말을 이해했고 많은 놀라운 것들을 배우느라 정말 바빴기 때문이다. 그런 자유를 누린 처음 며칠 동안은 잠시도 가만히 있지 않았다. 끊임없이 말의 철자를 익혔고 철자를 적을 때마다 그것을 동작으로 표현했다. 어디를 가든 달리고, 뛰어오르고, 빙빙 돌았다. 모든 것이 싹을 틔우고 꽃을 피웠다. 인동덩굴은 상큼한 향기를 내뿜으며 기다란 화환 모양으로 자라 올랐고, 장미는 그 어느 때보다 아름다웠다. 선생님과 나는 아침부터 밤까지 집 밖에서 지냈다. 나는 잊고 살다가 되찾은 빛과 햇살을 마음껏 즐겼다.

그때는 지금처럼 정규 수업을 받지 않았다. 나는 그저 뭐든지 배웠다. 나무와 꽃이 이슬과 햇빛을 어떻게 흡수하는지는 물론이고, 동물의 이름과 저마다의 온갖 비밀에 대해서도 배웠다.

비버가 어떻게 둥지를 짓는지,
다람쥐는 어디에 도토리를 숨기는지,
순록은 어떻게 그렇게 빨리 달리는지,
토끼는 왜 그렇게 겁이 많은지.

한번은 서커스에 갔다. 선생님은 내게 야생동물과 그 동물들이 사는 나라를 설명했다. 나는 코끼리와 원숭이에게 먹이를 주었다. 잠자는 사자를 토닥였고 낙타의 등에 앉았다. 나는 야생동물에 관심이 아주 많았다. 그래서 겁도 없이 그들에게 다가갔다. 그들은 내가 탐험하고 있는 거대하고 아름다운 나라의 일부처럼 느껴졌다.

내 기억으로는 분명히 그 다음에 읽는 법을 배웠다. 몇 단어의 철자를 익히자마자 선생님은 내게 단어가 점자(點字)로 인쇄된 판지 조각들을 주었다. 나는 인쇄된 단어가 사물을 나타낸다는 사실을 금세 알아차렸다. 단어 판지를 배열해 놓을 수 있

책을 읽고 있는 헬렌 켈러. 1893년.

는 틀이 있어서 그것으로 몇 개의 문장을 만들 수 있었다. 하지만 그 틀에다 문장을 만들기 전에 먼저 물건을 가지고 문장을 만들곤 했다.

나는 우선 "doll is on bed(인형이 침대 위에 있다)."를 나타낼 수 있는 단어 판지들을 찾은 다음, 그것들을 물건 위에 놓아서 문장을 만들었다. 이 놀이는 너무나 재미있어서 몇 시간이고 계속했다. 종종 방 안의 온갖 물건들을 늘어놓아 문장을 만들고선 선생님에게 보여주기도 했다. 그러고 나서는 『읽기 첫걸음』책을 가져다가 아는 단어를 찾아보고 그걸 발견하면 좋아라고 소리를 질러댔다.

5월에 처음 이야기책을 읽은 후로 책과 나는 서로 사랑하는 친구이자 떼려야 뗄 수 없는 사이가 됐다. 나는 책 덕분에 주변의 아름다운 모든 것들과, 생각으로 이루어진 밝은 세상을 보게 됐다. 책은 내게 좋고 아름다운 모든 것을 가르쳐주는 훌륭한 선생님이었다. 책은 나를 고대 시대로 데려다 주었고 이집트, 그리스, 로마를 보여주었다! 책은 내게 왕과 영웅, 신을 소개했고, 위대한 생각과 위대한 행동도 알려주었다. 이러니 내가 책을 사랑하는 게 당연하지 않을까?

글을 쓰고 간단한 계산을 하는 방법을 어떻게 배웠는지도 얘기하고 싶지만 그러면 글이 너무 길어질 것 같다.

지금부터는 내가 기억하는 첫 크리스마스에 대해 써보려 한다. 아, 정말 너무나 즐거운 크리스마스였다! 나는 세상의 다른 어떤 아이보다 행복했다. 선생님이 오기 전에는 크리스마스가 무슨 날인지 전혀 몰랐다. 가족 모두가 내게 잊지 못할 크리스마스를 선사하려고 노력했다.

가족들은 나를 놀래주려고 깜짝 선물을 준비했다. 크리스마스를 앞둔 며칠 동안 나는 무슨 선물을 받을지 궁금해하면서 너무나 즐거웠다. 어머니와 선생님은 비밀스럽게 뭔가를 준비하는 것 같았고, 내가 나타나면 얼른 숨기는 척했다. 비밀이 밝혀질 날이 다가올수록 마음이 점점 들떴다.

마침내 기쁘고 멋진 크리스마스가 밝았다! 나는 평소보다 일찍 일어나 산타클로스가 선물을 두고 간다는 탁자로 곧장 달려갔다. 정말, 정말 거기에 선물이 있었다! 굉장한 선물이었다! 도무지 말로 표현할 수 없을 정도였다! 새장 속에는 진짜 카나리아가 있었고, 요람에는 예쁜 인형이 누워 있었고, 보물이 담뿍 담긴 가방이 있었고, 접시랑 다른 선물들을 한데 모은 멋진 꾸러미도 있었다.

그날은 아침부터 밤까지 즐거운 일뿐이었다. 나는 언제까지고 그날을 어린 시절의 가장 즐겁고 행복한 크리스마스로 기억할 것이다.

내가 겪은 그 다음 중요한 경험은 보스턴 방문이었다. 그때의 행복한 일들은 결코 잊지 못할 것이다. 이것저것 여행 준비를 했고, 어머니랑 선생님과 함께 출발해 5월의 어느 날 오전 늦게 아름다운 '친절한 사람들의 도시'(보스턴의 별칭)에 도착했다.

보스턴에 가기 전에는 긴긴 겨울밤 동안 타오르는 벽난로 옆에서 지냈다. 선생님은 내게 머나먼 북쪽 고향 이야기를 들려주었다. 그리고 그곳의 그리운 여러 친구들 이야기도 해주었다. 선생님의 친구들도 나를 좋아한다고 했다. 이야기를 들으면서 나는 보스턴에 가보고 싶은 마음이 점점 간절해졌다. 그러던 어느 날 마치 내 소원에 답신이라도 하듯 애너그노스 선생님이 '친절한' 편지를 보내왔다. 여름을 함께 보내자며 어머니랑 선생님 그리고 나를 초대했다.

우리는 초대를 받아들이고 출발 날짜를 5월 중순으로 정했다. 조바심을 내며 기다리는 날들이 끝없이 계속될 것만 같았다. 하지만 마침내 기다림이 끝나고 우리는 보스턴행 기차에 올랐다. 기차가 속도를 높이자 나는 선생님 옆에 앉아 궁금한 것들을 열심히 물어보았다.

우리는 워싱턴에서 관광 명소를 둘러보며 며칠간 지냈다. 나는 우리나라 정치에 대해 많은 것을 배웠다. 대통령을 만났고 백악관을 둘러싼 아름다운 정원에도 가보았다. 또 거기서 절친한 후원자인 알렉산더 그레이엄 벨(1847~1922, 스코틀랜드 출신의 미국 청각과학자) 선생님을 만났다. 벨 선생님이 나를 찾아왔

헬렌 켈러와 알렉산더 그레이엄 벨. 1901년.

던 것이다. 나중에 벨 선생님이 장난감 코끼리를 보내와서 정말 기뻤다.

워싱턴에 머무는 동안 즐거웠다. 하지만 무엇보다 우리가 여행을 다시 계속해서 기뻤다. 기차가 목적지에 도착했을 때는 더더욱 좋았다. 선생님이 "여기가 보스턴이야."라고 말했다.

나는 기억에 남는 이 방문을 하나도 빠짐없이 글로 적을 수 있으면 좋겠다. 뜻밖의 일이 많았을 뿐만 아니라 새롭고 신나는 경험이었기 때문이다. 하지만 그러려면 시간이 많이 걸릴 것 같다. 내 이야기가 이미 너무 긴 것은 아닌지 걱정이다. 그래서 아주 인상적이었던 일들만 따로따로 적으려고 한다.

나는 어린 시각장애 아이들과 함께 공부하고 놀았다. 그리고 쉬지 않고 이야기를 나눴다. 새로운 친구들 거의 대부분이 손가락으로 철자를 적을 수 있어서 기뻤다. 다른 아이들과 자유롭게 이야기를 나눌 수 있어서 너무나 행복했다! 정말이지 마음이 편안했다! 그전까지 나는 통역사가 있어야만 이야기를 나눌 수 있었던 어린 '외국인'이었다. 하지만 새뮤얼 그리들리 하우(1801~1876, 미국의 의사 겸 사회사업가, 퍼킨스 시각장애인학교의 설립자 겸 초대 교장)가 살았던, 그리고 로라 브리지먼이 교육받았던 보스턴에서는 더 이상 이방인이 아니었다. 나는 정말 편안했다! 어릴 적 꿈이 이루어졌다.

보스턴에 도착하고 나서 곧 우리는 플리머스를 방문했다.

독특하고 오래된 청교도 도시에서 '필그림 파더스'(1620년 메이플라워호를 타고 건너와 미국 플리머스에 정착한 영국 청교도인들)가 미국으로 건너온 이야기를 엄청 열심히 들었다. 그것은 내가 받은 첫 번째 역사 수업이었다. 그리고 며칠 후 '벙커힐 전적비'(1775년 보스턴 항구를 점령한 영국군과 벌인 벙커힐 전투를 기리는 기념비)에 들렀을 때 선생님이 용감하고 헌신적인 사람들이 사랑하는 조국의 자유를 어떻게 쟁취했는지 들려주었다. 나는 가슴이 떨렸고 미국인으로 태어난 것이 자랑스러웠다.

어느 날 오전에 우리는 호러스만 청각장애인학교에서 청각장애 아이들과 즐거운 시간을 보냈다. 나는 내가 정상인처럼 이야기 나누는 법을 배워야 한다고 생각한 적이 없었다. 그런데 그날 선생님이 어린 청각장애 아이들이 말하는 법을 배우고 있다고 알려주었다. 그러자 나도 공부하고 싶은 마음이 간절해졌다. 2년 뒤 나는 바로 그 학교에서 말하는 법을 배웠다. 그로써 나의 영혼과 외부 세계 사이에 있는 듯했던 또다른 벽이 무너졌다.

세라 풀러(1836~1927, 미국의 청각장애인 교육자) 선생님은 내게 '말'이라는 놀랍고 신기한 것을 이루는 모든 소리를 내는 법(발성법)을 가르쳐주었다. 어머니는 귀여운 자식이 목소리를 영원히 잃어버렸다고 생각했다. 하지만 보라! 사랑 덕분에 목소리를 되찾았다.

이제부터는 바닷가에 갔던 이야기를 하고 싶다. 북부 지역에 머무는 동안 거대한 바다를 처음 느껴보았다. 어머니가 화창한 남부 지역에 있는 우리 집으로 돌아가고 난 7월 중순이었다. 선생님과 나는 케이프코드에 있는 쾌적한 작은 도시 브루스터에 갔다. 거기서 우리는 아주 즐거운 여름을 보냈다.

그곳에 도착한 다음 날 아침에 나는 일찍 잠에서 깼다. 아름다운 여름날이 밝았다. 그날 나는 어둡고 신비로운 친구를 만나기로 했다. 나는 자리에서 일어나 재빨리 옷을 입고 아래층으로 뛰어 내려갔다. 복도에서 만난 선생님에게 당장 바다에 데려다 달라고 졸랐다.

"아직 안 돼."

선생님이 웃으며 대답했다.

"먼저 아침식사를 해야지."

우리는 아침식사를 끝내기 무섭게 서둘러 바닷가로 나갔다. 바닷가로 가는 길은 낮은 모래 언덕을 가로질러 뻗어 있었다. 우리가 워낙 부랴부랴 걸었기 때문에 나는 거칠고 긴 풀에 자주 발이 걸려 따뜻하고 반짝이는 모래에 넘어지면서 깔깔거렸다. 부드럽고 따뜻한 공기에서는 특이한 향기가 났다. 바닷가에 다가갈수록 공기는 시원해지고 신선해졌다.

우리는 갑자기 걸음을 멈췄다. 누가 이야기해주지는 않았지만 바다가 발에 닿은 것을 느꼈다. 또 바다가 거대하다는 것도

매사추세츠 주 케이프코드에 위치한 브루스터로 여름휴가를 간 헬렌 켈러와 앤 설리번
(오른쪽). 1888년.

알았다! 굉장했다! 잠시 동안 햇살의 일부가 사라진 것 같았다. 하지만 무섭지는 않았다. 조금 뒤 수영복으로 갈아입었다. 잔잔한 물결이 바닷가로 끊임없이 밀려들며 내 발을 쓰다듬었다. 나는 기쁜 나머지 소리를 지르면서 밀려드는 물결에 겁도 없이 뛰어들었다. 하지만 운이 없게도 돌에 걸려 차가운 물속으로 엎어지고 말았다.

그러자 낯설고 무서운 위기감이 몰려왔다. 짠물이 눈으로 들어왔고 숨을 쉴 수 없었다. 나는 마치 작은 조약돌처럼 거대한 파도에 휩쓸려 바닷가로 힘없이 내동댕이쳐졌다. 그 일이 있고 며칠 동안은 겁에 질려 있었다. 어떤 설득에도 다시 물에 들어갈 수 없었다. 하지만 조금씩 용기가 되살아났다. 여름이 끝나갈 무렵에는 파도에 이리저리 휩쓸리는 것이 무척이나 재미있었다.

몇 시간 동안 멋진 조개껍질을 찾아 정신없이 돌아다닌 일도 너무너무 즐거웠다! 귀엽고 빛깔 좋고 모양이 정교한 조개껍질들이 얼마나 예쁘던지! 그리고 선생님이 바다 이야기를 들려주는 동안 모래사장에 앉아 해초를 머리카락처럼 땋던 일은 또 얼마나 즐겁던지! 선생님은 내가 이해할 수 있는 쉬운 말로 하얀 새처럼 멀리 떠다니는 배와 드넓은 바다를 묘사해 주었다.

간혹 사람들은 내가 볼 수도 없으면서 바다를 좋아한다는 사실에 놀라는 듯하다. 하지만 내게는 전혀 이상할 게 없다. 신은 손수 만든 놀라운 작품에 대한 사랑을 어린 피조물의 가슴속 깊이 숨겨놓았기 때문이다. 그래서 우리는 보이든 보이지 않든 어디서나 그것의 아름다움과 신비를 느낄 수 있다.

11월 초에 남부의 우리 집으로 돌아왔다. 머릿속에는 즐거운 추억이 가득했고, 가슴속에는 나를 행복하게 하려고 많은 것을 해준 시각장애 친구들에 대한 고마움과 사랑이 가득했다.

아름다운 '친절한 사람들의 도시'를 다시 방문한 것은 한참 뒤였다. 나는 계속 집에서 공부했다. 새롭고 놀라운 지식을 끊임없이 접하다 보니 배우는 기쁨이 나날이 커져만 갔다.

그렇다고 내게 슬픔이 없었던 것은 아니다. 나는 누구에게나 슬픔이 있다고 생각한다. 내가 좋아하는 시인은 이렇게 노래했다.

"각자의 삶에 약간의 비는 내리는 법이거늘"

나는 비가 꽃에게 필요하듯 우리에게도 필요하다고 믿는다.

나의 예쁜 개가 죽었다는 말을 들었을 때 무척이나 많이 울었다. 너무나 사랑했기 때문이다. 정말이지, 라이오니스('암사자'라는 뜻)는 아주 용감하면서도 순했다. 라이오니스는 내가 쓰다듬어 주면 내 무릎을 베고 누웠다. 갈색 눈에는 순하고 애정 어린 빛이 담겨 있었다. 그런 라이오니스를 다시는 만날 수 없으리라 생각하니 얼마나 슬펐는지 모른다! 그런데 그런 슬픔에도 밝은 면이 있었다.

영국과 미국의 애견가들이 내 개가 죽었다는 소식을 전해 듣고 몹시 안타까워했다. 그리고 친절하게도 성금을 모아 라이오니스와 같은 종인 마스티프(몸집이 크고 털이 짧으며 용맹한 영국 원산 품종) 한 마리를 보내주겠다고 했다. 그때 나는 사랑하는 라이오니스의 죽음이 누군가의 절망적인 삶에 빛과 기쁨을 가져다줄 기회가 될 수 있을 거라 생각했다. 그래서 친절한 애견가들에게 편지를 썼다. 내게 개를 사주는 대신 토미 스트링어를 교육시킬 성금을 보내 달라고 했다.

어린 토미의 이야기는 무척이나 슬프다. 나는 토미 이야기를 방학 때 펜실베이니아에 사는 청각장애 친구들을 만나러 가서 처음 들었다. 그때 토미는 피츠버그에 있는 한 병원에 입원해 있었다. 그 애는 겨우 네 살 때 무서운 병에 걸려 시력과 청력을 모두 잃었다. 토미의 어머니는 토미가 아기일 때 돌아가셨고 아버지는 너무 가난해서 토미를 교육시킬 수 없었다. 그래서 토미는 병원에 머물렀는데, 볼 수도 들을 수도 말할 수도 없었고, 친구도 없어 쓸쓸했다. 이보다 더 가여운 사정이 있을까?

가을에 보스턴으로 돌아가서도 토미 생각이 머릿속을 떠나지 않았다. 나는 친구들에게 토미 이야기를 했다. 애너그노스 선생님은 내가 토미의 교육비로 쓸 성금을 모을 수 있다면 '어

린이 화원'에 토미의 자리를 만들어보겠다고 약속했다. '어린이 화원'은 '친절한' 보스턴 사람들이 시각장애 어린이들을 위해 마련한 보금자리였다.

내게는 쉬운 일 같았다. 세상은 사랑과 인정으로 가득해서, 의지할 데 없는 한 어린이를 도와달라고 외치면 애정 어린 반응이 있을 거라 생각했다. 그리고 정말 그랬다. 애견가들은 즉시 '토미 기금'을 마련하기 시작했다. 어린이들도 토미를 위해 성금을 모으기 시작했다. 멀리 떨어진 지역, 심지어 영국과 캐나다에 사는 사람들까지도 성금과 격려의 글을 보내왔다.

이렇게 해서 아주 짧은 기간에 토미의 일 년치 교육비가 모금됐다. 그래서 토미는 보스턴으로 와서 '어린이 화원'의 양지바른 곳에 자리를 잡았다. 그리고 사랑과 작은 꽃이 있는 밝고 따뜻한 분위기에 금세 적응했다. 그 애의 어린 삶을 휘감고 있던 어둠도 사라졌다. 이렇듯 사랑은 세상에서 가장 아름다운 것이다.

"사랑, 우리가 달리 표현할 수 없는 그 말, 다른 무엇이 그토록 감미롭고 소중할 수 있을까"

내 어린 시절의 짧은 이야기를 이쯤에서 끝내려고 한다. 나는 햇살과 꽃의 땅, 사랑하는 남부 지역에 있는 우리 집에서 겨울을 보내고 있다. 나는 주변에 사랑하는 부모님, 귀여운 아기 남동생, 다정한 여동생, 세상에서 가장 소중한 선생님이 있어

◁ 앤 설리번(오른쪽)과 헬렌 켈러. 1893년.

서 즐겁고 편안하게 살고 있다. 내 삶은 행복이 가득하다. 매일 새로운 기쁜 일이 있고, 먼 곳의 친구들로부터 상큼한 사랑의 소식이 날아온다. 나는 기쁨에 가슴 벅차 이렇게 외친다.

"사랑이 전부다! 신은 곧 사랑이다!"

낙관주의

Optimism

1903

※1903년 11월 단행본으로 출간됨(The Merrymount Press, Boston).

나의 선생님에게

헬렌 켈러. 1904년.

내면의 낙관주의

만약 자신의 환경을 선택할 수 있고, 일에 대해 재능만큼이나 의욕을 가진다면, 나는 모든 사람이 낙관주의자가 될 수 있다고 생각한다. 분명히 우리 대부분은 행복을 세상 모든 일의 진정한 목적으로 여긴다. 행복해지고자 하는 바람은 철학자도, 왕자도, 굴뚝 청소부도 매한가지이다. 아무리 우둔하거나 야비하거나 영리하더라도 누구나 행복을 명백한 자기 권리라고 생각한다.

사람들이 각자 얼마나 다른 행복의 이상을 마음속에 품고 있는지, 그리고 자기 삶의 그런 행복 원천을 찾아 얼마나 색다른 곳을 찾아 헤매는지 살펴보면 신기할 따름이다. 많은 사람들은 행복을 부의 축적에서 찾는다. 그런가 하면 권력 과시에서 행복을 찾는 사람도 있고, 예술과 문학에서의 성취에서 행복을 찾는 사람도 있다. 비록 소수지만 정신 탐구와 지식 추구에서 행복을 찾는 사람도 있다.

대부분의 사람들은 육체적 쾌락과 물질적 소유를 잣대로 행복을 가늠한다. 사람들은 자신이 설정한 어떤 가시적 목적을 달성할 수 있을 때 얼마나 행복해하는가! 하지만 재능이나 환경이 따르지 않으면 불행해지고 만다. 행복을 그런 식으로 가늠한다면, 들을 수도 볼 수도 없는 나는 그저 손깍지를 끼고 구석에 웅크리고 앉아 울 일밖에 없다. 들을 수도 볼 수도 없지만 내가 행복하다면, 나의 행복이 너무나 뿌리 깊어 그것이 신념이라면, 나의 행복에 너무나 생각이 풍성해 그것이 곧 삶의 철학이라면, 한마디로 내가 낙관주의자라면, 낙관주의에 대한 나의 고백은 들어볼 만한 가치가 있으리라. 죄인이 예배에 나가 신의 선(善) 앞에 고해하듯, 고통받는 자로 불리는 한 사람이 확신의 기쁨에 차서 일어나 삶의 선 앞에 고백한다.

옛날에 나는 아무 희망이 없는 심연에 빠져 있었고 세상 만물에는 어둠이 드리워져 있었다. 그때 사랑이 찾아와 내 영혼을 풀어주었다. 예전에는 어둠과 정적밖에 몰랐지만, 이제는 희망과 기쁨을 안다. 예전에는 안절부절못하며 나를 가둔 벽에 대고 몸부림을 쳤지만, 이제는 내가 생각할 수 있고 행동할 수 있고 천국에 이를 수 있음을 알아서 기쁘다.

내 삶에는 과거도 미래도 없었다. 비관주의자들이 "사람들이 열렬히 바라는 궁극"이라고 말하는 죽음밖에 없었다. 그런데 공허를 움켜쥐었던 내 손 안에 타인의 손가락으로부터 몇 마디의 말이 흘러들었다. 내 심장이 삶의 기쁨으로 고동쳤다. 생각의 낮이 밝아오면서 밤이 사라졌고, 지식을 향한 열정과 더불어 사랑과 기쁨과 희망이 찾아왔다. 그토록 심한 속박에서 벗어나 자유의 감격과 영광을 느낀 사람이 과연 비관주의자가 될 수 있을까?

이렇듯 나의 어릴 적 경험은 불행에서 행복으로의 도약이었다. 애는 써 보지만, 어둠에서 벗어나던 첫 도약의 힘을 억누를 수가 없다. 어깨를 쫙 펴는 습관도 처음 어둠에서 해방되어 빛 속으로 밀고 들어가던 순간에 생긴 것이다. 나는 평생 처음 지적으로 사용하는 말을 통해 살아가고, 생각하고, 희망하는 법을 배웠다. 어둠이 나를 다시 가둘 수는 없었다. 예전에 바닷가에 잠깐 가본 적이 있는데, 지금은 그곳에 갈 희망에 부풀어 살고 있다.

따라서 나의 낙관주의는 가볍고 무분별한 만족이 아니다. 언젠가 어느 시인이 내가 발가벗겨진 냉정한 현실은 보지 못하고 아름다운 꿈속에 살고 있기 때문에 틀림없이 행복할 거라 말한 적이 있다. 내가 아름다운 꿈속에 살고 있기는 하다. 하지만 그 꿈은 실제이자 현실이다. 그 꿈은 차갑지 않고 따뜻하며,

발가벗겨지지 않고 무수한 축복을 입고 있다. 그 시인이 잔인한 각성이라고 노래한 그 악(惡) 또한 기쁨에 관한 충만한 지식을 습득하는 데 필요하다. 나는 오히려 악을 경험하고서야 진리와 사랑과 선의 아름다움을 느끼는 법을 배울 수 있었다.

언제나 선만 생각하고 악을 간과하는 것은 잘못이다. 사람들이 무관심하면 악이 재앙을 불러들이기 때문이다. 무지와 무관심이라는 위험한 낙관주의가 있다. 20세기를 인류 역사상 최고의 시대라고 말하고, 세상 악으로부터의 도피처를 천상의 길몽(吉夢)에서 찾기에는 아직 역부족이다. 수백만의 같은 인간들이 소처럼 교환되고 매매되는 동안에도, 얼마나 많은 '선'한 사람들이 부(富)와 만족을 누리며 '선' 이외의 무가치한 것에 눈독을 들이고 있는가! 게다가 노예 해방을 위해 분투하는 윌리엄 윌버포스(1759~1833, 영국의 정치가)를 오지랖 넓은 미치광이라고 생각했던 속 편한 낙관주의자들도 있었다. 목청 높여 시정(是正)을 요구하는 고충의 목소리가 들리는데도 "만세, 우리는 괜찮아! 세상에서 가장 위대한 나라야."라고 외치는 이 나라의 지각없는 낙관주의를 나는 신뢰하지 않는다.

그릇된 낙관주의도 있다. 희생을 감안하지 않는 낙관주의는 모래 위에 지어진 집과 같다. 자신을 낙관주의자라고 주장하고 다른 사람들로 하여금 자신의 낙관주의 신념에 근거가 있음을 믿게 하려면 먼저 악을 이해하고 슬픔을 잘 알아야 한다.

나는 악이 무엇인지 안다. 악과 몇 번 씨름한 적이 있고, 얼마 동안은 악이 내 삶에 와닿는 오싹함도 느꼈다. 따라서 악은 일종의 정신적 고행에 지나지 않는다고 말할 때, 나는 악을 알고 말하는 것이다. 악을 접한 적이 있다는 그 이유만으로도 나는 보다 진정한 낙관주의자이다.

나는 악에 필연적으로 따르는 투쟁이야말로 위대한 축복 가운데 하나라고 자신 있게 말할 수 있다. 우리는 악과의 투쟁을 통해 강하고 끈기 있고 쓸모 있는 사람이 된다. 악을 통해 우리는 사물의 핵심에 이를 뿐만 아니라, 비록 세상이 고통으로 가득하지만 고통의 극복으로도 가득하다는 것을 알 수 있다. 따라서 나의 낙관주의는 악의 부재를 전제로 하지 않는다. 오히려 선이 우세하다는 즐거운 믿음과, 언제나 선에 협력하려는 자발적인 노력을 전제로 한다. 그래서 나의 낙관주의는 보편적일 수 있다.

나는 신이 내게 세상 만물과 만인 속에 들어 있는 '최고의 선(最善)'을 보라고 부여한 재능을 키우려고 노력한다. 또 그 '최선'을 내 삶의 일부로 만들려고 노력한다. 세상은 선으로 수놓여 있다. 하지만 실생활에서 좋은 생각을 실천하고 자신의 밭을 갈지 않으면 결코 선의 열매를 거둘 수 없다.

이렇듯 나의 낙관주의는 자신과 주변 환경이라는 두 세계를 기반으로 하고 있다. 나는 세상에 선을 요구한다. 그러자 세상이 선해진다. 나는 세상이 선하다고 선언한다. 그러자 내 선언이 명백한 진실임을 입증할 사실들이 차례대로 나타난다. 나는 선한 것들을 향해서는 내 존재의 문을 열어주고 악한 것들에 대항해서는 방심하지 않고 문을 닫는다.

아름답고 자발적인 확신의 힘은 너무나 강해서 모든 반대에 맞선다. 나는 선이 없다고 해서 절대 낙심하지 않는다. 설득에 넘어가 희망을 잃는 법도 없다. 의심과 불신은 단지 두려운 상상에서 비롯된 공황 상태일 뿐이다. 따라서 마음이 굳건하다면 정복할 것이고 정신이 자유롭다면 초월할 것이다.

대학 시절이 끝나가고 있어서 나는 내 미래에 대한 밝은 기대와 두근거리는 가슴으로 앞날을 생각한다. 세상에 널린 일 중에서 내가 할 수 있는 일은 한정되어 있을지 모르나 일이기에 소중한 것이다. 아니다. 일하려는 의욕과 의지가 바로 낙관주의이다.

두 세대 전에 토머스 칼라일(1795~1881, 영국의 사상가 겸 역사가)은 노동에 대한 자신의 신념을 밝혔다. 행복의 공중누각을 지었으나 불가항력적인 바람에 그 누각이 산산조각 나자 비관주의자가 된 프랑스 혁명의 몽상가들에게, 다시 말해 무력한 엔디미온(그리스 신화에서 영원한 젊음을 간직하려고 평생을 잠으로 보낸 미소년)들에게, 알라스토르(그리스 신화에서 아버지가 지은 죄의 대가를 자식이 치르도록 하는 복수의 화신)들에게, 베르테르(『젊은 베르테르의 슬픔』

에서 사랑에 실패하고 시대와 불화를 빚어 자살하는 주인공)들에게, 험난한 실제 세계에서 꿈꾸며 사는 이 스코틀랜드 농사꾼은 노동에 대한 자신의 신념을 큰소리로 외쳤다.

"더 이상 혼돈의 세계에 있지 말고 실제 세계에 있으라. 생산하라! 생산하라! 어떤 생산물의 보잘것없는 극미한 일부에 지나지 않더라도 그것을 신의 이름으로 생산하라! 그것은 그대가 지닌 최고의 것이다. 그러니 그것을 가지고 나오라. 일어나라, 일어나라! 그대의 손에 어떤 일이 잡히든 간에 혼신을 다해서 하라. 오늘이라 불리는 시간 동안 일하라. 밤은 아무도 일하지 않는 곳에 찾아오기 때문이다."

어떤 사람들은 칼라일이 사람들로 하여금 땅바닥만 내려다보며 열심히 일하도록 하여 자신들의 비참함을 잊게 함으로써 살기 힘든 세상으로부터의 도피처를 마련하고 있다고 비난한다. 그러나 칼라일의 생각은 그렇지 않다.

"어리석은 이들이여!"

그는 이렇게 외친다.

"이상은 그대 안에 있다. 장애 또한 그대 안에 있다. 초라하고 비참한 현실 속에서 이상을 달성하라. 살고, 생각하고, 믿음을 가져라. 그래서 자유로워져라!"

그가 전하는 바는 명백하다. 삶은 노동, 즉 생산을 통해 혼돈에서 벗어나고, 그럼으로써 개인이 실제 세계에 들어가 질서를 얻게 된다. 그리고 그 질서가 바로 낙관주의이다.

나 또한 일을 할 수 있다. 그리고 온갖 장애에도 불구하고 머리와 손을 써서 일하기를 좋아하기 때문에 나는 낙관주의자이다. 전에는 뭔가 쓸모 있는 일을 해보려는 의욕을 가졌다가는 좌절하고 말 것이라 생각하곤 했다. 그래도 비록 내 몸을 쓸모 있게 만들 방법은 거의 없지만 내가 시도해볼 만한 일은 무수히 많다는 것을 깨달았다.

포도밭에서 가장 즐거운 일꾼은 아마 장애인일 것이다. 물론 일은 정상인들이 더 잘하지만, 장애인은 매년 햇살 속에 무르익는 그 풍성한 포도송이를 손으로 마음껏 느낀다. 찰스 다윈(1809~1882, 영국의 생물학자)은 한 번에 30분 정도밖에 일할 수 없었지만 일하는 동안만큼은 부지런해서 철학의 토대를 새롭게 쌓았다.

나는 위대하고 고귀한 일을 이루어내고 싶은 마음이 간절하다. 보잘것없는 일이라도 위대하고 고귀한 일처럼 이루어내는 것이 나의 중요한 역할이자 기쁨이다. 어떻게 해야 내가 매일매일 할 일을 가장 잘 이루어낼 수 있을지 생각하고, 내가 할 수 없는 일들을 다른 사람들이 할 수 있음을 기뻐하는 것이 나의 본분이다.

역사학자 존 리처드 그린(1837~1883, 영국)은 이렇게 말했다.

"세상은 영웅들이 미는 막강한 힘에 의해 움직이는 것이 아니라, 하나하나의 성실한 일꾼이 미는 작은 힘이 모여 움직인다."

이 어둡고 넓은 세상 속에서 나를 인도하는 데에는 이 말만으로도 충분하다. 나는 타인이 행하는 선을 사랑한다. 내가 도울 수 있든 없든, 앞으로도 진리와 선이 건재하리라는 것을 그들의 행동에서 확신할 수 있기 때문이다.

나는 나의 믿음을 깨뜨릴 일이 일어나지 않으리라 믿는다. 나는 우리 모두가 최고로 떠받드는 힘, 즉 '질서, 운명, 위대한 영혼, 자연, 신'이 내리는 은혜를 안다. 나는 세상 만물을 자라게 하고 생명을 움직이는 태양의 이 힘을 안다. 형용할 수 없는 이 힘을 친구로 삼으니, 나는 기쁨과 용기가 샘솟고 하늘이 내게 내리는 일은 뭐든지 할 수 있을 것 같다. 이것이 바로 낙관주의라는 나의 신앙이다.

외부의 낙관주의

그렇게 낙관주의는 내 마음속에 실제로 존재한다. 그런데 삶과 맞닥뜨려도 내 마음속에 모순이 생기지 않는다. 그것은 외부 세계에 내 안의 선(善)의 세계를 정당화할 수 있는 근거가 있기 때문이다. 대학 시절 내내 나는 독서를 하면서 끊임없이 선을 찾아냈다. 나는 문학, 철학, 종교, 역사에서 내 신념을 뒷받침할 강력한 증거를 찾는다.

철학은 어떤 의미에서 시청각장애인의 역사이다. 소크라테스의 대화부터 플라톤을 거쳐 조지 버클리(1685~1753, 아일랜드) 주교와 이마누엘 칸트(1724~1804, 독일)에 이르기까지, 철학은 옴짝달싹할 수 없는 물질세계에서 해방되어 순수한 이데아의 세계로 날아들려는 인간 지성의 노력을 기록하고 있다. 시청각

서재에서 책을 읽고 있는 헬렌 켈러. 1903년. ▷

장애인은 플라톤의 이상세계에서 특별한 의미를 찾아볼 만하다. 우리가 보고 듣고 느끼는 것들은 실체(實體)의 실재(實在)가 아니라 이데아, 원리, 정신계의 불완전한 형상화에 불과하다. 즉 이데아는 진리이고 나머지는 망상이다.

만약 그러하다면, 내 정신의 영역에 존재하지 않는 실체는 정상인들 역시 전혀 인식하지 못한다. 정신은 철학을 통해 진리를 볼 수 있다. 그래서 우리는 철학을 통해 시각장애인인 나와 정상인 간에 차이가 없는 영역으로 들어갈 수 있다. 나는 버클리 대학교에서 우리의 눈이 사물의 형상을 거꾸로 받아들이면 뇌가 무의식적으로 바로잡는다는 사실을 배웠다. 그때 나는 눈이 그다지 믿을 만한 도구가 아닐지 모른다는 의구심이 들었다. 그래서 내가 정상인과 똑같이 회복된 듯한 느낌이 들었고 기뻤다. 감각이 그렇게 쓸모가 적어서 기쁜 게 아니라, 신의 영원한 세계에서 정신과 영혼이 너무나 쓸모가 많아서 기뻤다.

나에게는 철학이 마치 나를 위로하기 위해 기록된 듯했다. 철학 덕분에 나는, 나를 철학자들의 특별한 가르침을 따른 경험적 사례로 확신하는 몇몇 현대 철학자들과 통한다! 하지만 미약하게 개인적 경험을 말하는 나의 작은 목소리로서는 그저 '선이 유일한 세계이고 그 세계는 정신계'라는 철학적 선언에 동조할 따름이다. 또 그 세계는 질서가 전부이고 부분이 온전한 논리를 따라 서로 합쳐지고 무질서는 그 자체가 무(無)로 정의되고 성(聖) 아우구스티누스의 말처럼 "악은 망상"이라서 존재하지 않는 그런 세계이다.

　나에게 철학은 그 원리뿐만 아니라 위대한 철학자들의 행복한 고독도 의미가 있다. 위대한 철학자들은 세파에 거의 흔들리지 않았다. 심지어 플라톤과 라이프니츠(1646~1716, 독일)는 궁정에 들어가서도 그러했다. 그들은 삶의 소음을 들어도 초연했고, 삶의 혼란과 복잡한 다양성을 보아도 초연했다. 그들은 비록 어둠 속은 아니었지만 홀로 앉아 본질적인 모든 것을 발견하는 법을 익혔다. 설령 발견에 실패하더라도 여전히 그들은 이승을 떠나 신의 지혜를 함께 나눌 때가 되면 진리를 마주하게 되리라 믿었다. 위대한 신비주의자들은 듣지도 보지도 않은 채 홀로 살았지만 신과 더불어 살았다.

　나는 가난한 스피노자(1632~1677, 네덜란드의 유대인 철학자)가 유대인과 기독교도에게 멸시당하고 의심받아 파문되고서도 어떻게 깊고 한결같은 행복을 발견할 수 있었는지 이해한다. 사람들의 인간적인 세계에서 내가 그런 대우를 받아본 적은 없지만, 감각적인 즐거움의 세상으로부터 격리된 그의 처지가 약간은 나와 비슷하기 때문이다.

　스피노자는 선을 선으로서 사랑했다. 많은 위대한 정신의 소유자처럼 스피노자 또한 세상에서의 자기 위치를 받아들였고, 어떤 '위대한 힘'에 자신을 어린아이처럼 의탁하면서 그 힘

조각(부조)을 만지고 있는 헬렌 켈러. 1913년.

이 자신을 통해 작용해서 자기 존재를 지배한다고 믿었다. 스피노자는 위대한 힘에 절대적으로 의지했는데 나 또한 마찬가지이다. 내가 생각하기에, 깊고 신실한 낙관주의는 개인이 신의 존재를 확고히 믿는 데서 출발하는 것 같다. 여기서 신은 멀리 있어서 접근할 수 없는 세상의 지배자가 아니라 우리 모두의 바로 곁에 존재한다. 또한 땅과 바다와 하늘에만 존재하는 것이 아니라, 우리 심장의 순수하고 고귀한 모든 맥박에도, '모든 정신의 근원과 중심, 곧 유일한 안식처'에도 존재한다.

이렇게 철학으로부터 내가 배운 바에 따르면, 우리는 그림자만 보기 때문에 일부분밖에 알지 못한다. 또 모든 사물이 변하지만 정신, 즉 불굴의 정신은 모든 진리를 이해하고, 세계를 있는 그대로 받아들인다. 뿐만 아니라 불굴의 정신은 그림자를 실체로 변화시킨다. 그럼으로써 무질서한 변화를 영원한 침묵 속의 순간, 다시 말해 완벽에 관한 무한한 주제 속의 짧은 문장에 불과해 보이게 만들고, 악을 '선에 이르는 길을 가로막는 장애물'에 불과해 보이게 만들기도 한다.

나는 손을 통해서는 세상의 작은 일부분밖에 파악할 수 없지만, 정신을 통해 전체를 알 수 있다. 그리고 생각을 통해 세상을 지배하는 선한 법칙을 이해할 수 있다. 이런 개념에서 비롯된 자신감과 믿음 덕분에 나는 운명에 대해서만큼이나 내 삶에 대해서도 안정을 찾는 법을 배웠다. 또한 뜬금없는 의심과 두려움으로부터 나를 지키는 법도 깨달았다. 진정, 축복받은 자는 보이지 않아도 믿음을 가지는 사람이다.

세계의 위대한 철학자들은 신을 사랑하고 인간 내면의 선을 믿었다. 그러므로 철학의 역사를 아는 것은 곧 시대별 가장 위대한 사상가들과, 부족 및 국가의 현자들이 낙관주의자였음을 아는 것이다.

철학의 역사는 인간의 정신적 삶에 관한 이야기이다. 우리의 외부에는 역사라는 거대한 사건 덩어리가 놓여 있다. 이 사건 덩어리를 볼 때 나는 그것이 신의 방식대로 형상과 양상을 띤다고 생각한다. 인간의 역사는 진보의 서사시이다. 나는 내면 세계와 외부 세계에서 놀라운 조화, 즉 인간과 신의 상호 소통을 나타내는 상징, 사실상 반복되는 철학적 가르침을 깨닫는다. 인류의 역사를 구성하는 모든 부분에는 선의 정신이 깃들어 있고, 그것이 전체에 의미를 부여한다.

아득히 먼 역사의 여명에서 나는 미개인을 본다. 그는 자연의 힘을 다스리는 법을 익히지 못해 그 힘으로부터 달아나, 자신의 미신적 두려움에서 비롯된 것에 지나지 않는 초자연적 존재의 비위를 맞췄다. 그리고 나는 상상의 전환을 통해 해방된, 곧 문명화된 미개인을 본다. 그는 가혹한 무지의 신을 더 이상 숭배하지 않는다. 고난을 겪으면서 그는 자기 머리 위에 지붕을 얹는 법과, 자신의 생명과 집을 지키는 법을 터득했다. 또

자기네 도시국가에 빛과 노래를 관장하는 유쾌한 신을 받들 신전을 세웠다. 그는 고난을 겪으면서 정의도 배웠다. 친구와의 다툼을 통해 옳고 그름을 구별하는 법을 터득해 도덕적 존재가 됐다. 그는 그리스의 정신을 물려받았다.

하지만 그리스는 완벽하지 않았다. 그리스의 시적이고 종교적인 이상은 실제를 훨씬 넘어섰다. 그래서 그리스는 죽었지만 그 이상은 살아남아 후세의 품위를 지켜준 듯하다.

로마 또한 풍요로운 유산을 세계에 남겼다. 역사의 변천을 거치면서 로마의 법과 체계적인 통치는 위대한 목표, 즉 후대의 귀감이 됐다. 하지만 로마 시민들의 엄격하고 검소한 성격이 자취를 감추어 로마 문명의 뼈와 힘줄이 사라지면서 로마는 멸망하고 말았다.

그러자 북쪽에 새로운 나라들이 등장해 보다 오래가는 사회를 건설했다. 그리스와 로마 사회의 기반은 노예였다. 그들은 '들과 작업장에서 눈 가리면 더 조용한 고삐 매인 말처럼 혹사당해 지치는' 비참한 상황에서 억압당했다. 새로운 사회의 기반은 자유민이었다. 그들은 싸우고 경작하고 비판하면서 점점 성장했다. 그들은 종족 혈연관계를 벗어나 나라를 세웠고 어떤 억압에도 파괴되지 않을 독립심과 자신감을 키웠다. 미개에서 야만과 자기통제를 거쳐 문명화에 이르기까지 인간의 완만한 등정 이야기는 낙관주의 정신의 구현이다. 새로운 나라들이 등장하면서 새로운 세기마다 더 나은 유럽을 맞이했다. 그리고 세계가 발달하면서 미국이 등장하기에 이르렀다.

언젠가 톨스토이(1817~1875, 러시아)는 한때 세계의 희망이었던 미국이 물신(物神) 마몬(Mammon)의 노예가 됐다고 말했다. 톨스토이와 여러 유럽인들은 현재 미국이 겪고 있는 특유의 시민 투쟁을 이해하기 전에 이 훌륭하고 자유로운 나라에 대해 알아야 할 것이 아직 많다. 미국은 많은 나라에서 모여든 외국인들을 동화시켜 같은 국민정신을 지닌 하나의 국민으로 융합해야 하는 엄청난 과업에 직면해 있다. 따라서 미국은 지구상의 수많은 민족으로 하나의 국민을 형성할 수 있는지 보여줄 때까지 비판을 자제해달라고 요구할 권리가 있다. 런던의 경제학자들은 600만 명의 인구 가운데 외국 태생이 50만 명에 가깝다는 사실에 경각심을 갖고 외국인의 지나친 증가에 따른 위험성을 진지하게 토론한다. 하지만 350만 명의 시민 가운데 외국인이 거의 150만 명에 달하는 뉴욕과 비교할 때 런던의 문제는 무엇인가? 생각해보라! 미국 주요 도시의 인구 가운데 3분의 1은 외국인이다. 이런 수치만 보아도 미국의 훌륭함을 가늠할 수 있다.

미국이 땅을 일구고, 광산을 개발하고, 사막에 관개를 하고, 대륙을 가로질러 철도를 놓는 등 주로 물질적 문제를 해결하는 데 전념한 것은 사실이다. 하지만 미국은 이런 일들을 새로운

행복해지는 가장 간단한 방법

방식으로 진행하고 있다. 즉 국민을 교육시키고, 모든 인적 기술 자원을 모든 이의 필요를 충족시키는 데 이용하고 있다. 미국은 산업으로 축적한 부를 노동자 교육에 투자하고 있다. 따라서 미숙련한 국민은 미국에서의 삶에 정착하지 못하게 되고, 모든 국민이 물질을 지배하는 데 집중할 것이다.

미국의 아이들은 막일꾼도 아니고 노예도 아니다. 이것은 헌법에 명시되어 있고 미국 법 정신에서도 분명히 하고 있다. 미국인들은 미국이 가르칠 수 있는 '최선'을 알게 될 것이다. 미국인들은 이 나라에 상위 계급도 하위 계급도 없음을 알게 될 것이다. 또한 신과 신의 세계가 모든 사람을 위한 것임을 깨닫게 될 것이다.

미국은 이 모든 과업을 수행하고도 여전히 이기적이면서 마몬 숭배자로 남을지 모른다. 그러나 미국은 상업의 본거지인 동시에 자선의 본고장이기도 하다. 시끄러운 공장과 마천루 건물을 따라 시끄러운 교통 속에 학교가 있고 도서관이 있고 병원이 있고 공원이 있다. 이것들은 공공 자선의 성과로서, 영원히 지속될 사상으로 변모한 부를 상징한다. 미국이 고통받는 이들의 고통을 줄여주고 억압받는 이들을 사회로 복귀시키기 위해 이미 행한 일들을 보라. 시각장애인의 손가락에 시각을 주었고, 언어(發話)장애인의 입술에 언어를 주었으며, 심신(心神)장애인의 육신에 정신을 주었다.

이런데도 미국이 정말 마몬만을 숭배한다고 말할 수 있겠는가? 미국에 들어오는 모든 이에게 미국이 선사하는 자선과 기술과 지혜를 누가 측정하겠는가? 또 해마다 많은 나라에서 미국으로 굽이쳐 밀려드는 가난, 고통, 타락의 큰 파도를 낮추는 데 이용하는 그 자선과 기술과 지혜를 누가 측정하겠는가?

이런 사실들을 감안할 때 나는 톨스토이나 다른 이론가들과 달리 미국인인 것이 정말 자랑스럽다고 생각지 않을 수 없다. 미국에서 낙관주의자는 현재에 대한 자신감과 미래에 대한 희망을 가질 만한 충분한 근거를 발견한다. 그리고 이런 희망과 자신감은 당연히 지구상의 모든 위대한 나라들로 뻗어나갈 것이다.

우리 시대를 과거와 비교해보면, 현대의 통계 자료에서 자신감에 차 상승세를 타고 있는 세계 낙관주의의 탄탄한 기반을 발견할 수 있다. 우리를 둘러싸고 있는 의심, 불안, 물질주의의 바로 밑에는 세계 최고의 삶에 대한 확고한 신념이 여전히 활활 타오르고 있다. 비관주의자의 말을 들어볼 것 같으면, 그는 문명이 중세 시대에 야영을 했고 그 후로 행군 명령을 받아보지 못했다고 생각한다. 비관주의자는 진보가 꼭 끊임없는 행군은 아님을 모른다.

이제 목적지에 다다르고 있으나,

이제 지나온 길일랑 뭉개 버렸으니,

불굴의 세계가 힘겹게 나아가고 있노라.

나는 최근에 감히 넘볼 수 없는 지식을 갖춘 이의 연설문[1]을
읽었다. 거기에는 진보의 증거가 가득했다.

지난 50년 동안 범죄가 줄어들었다. 사실 오늘날의 기록을
보면 범죄 목록은 더 길어졌다. 하지만 그것은 통계 자료가 과
거보다 더 온전하고 정확하기 때문이다. 더구나 50년 전에는
범죄로 여겨지지 않았을 많은 범죄가 목록에 올라 있다. 이것
은 공공의 양심이 과거 어느 때보다 예민해졌음을 의미한다.

우리의 범죄 정의(正義)는 보다 엄격해진 반면, 범죄 처벌은
보다 관대하면서도 이성적으로 바뀌었다. 기존의 복수심도 거
의 사라졌다. 더 이상 눈에는 눈, 이에는 이가 아니다. 범죄자
는 병에 걸린 사람으로 여겨지고 있다. 범죄자는 단순히 처벌
받아야 하기 때문이 아니라 사회의 위험인물이기 때문에 감금
된다. 감금되어 있는 동안 범죄자는 인도적 관리와 훈련을 받
아 정신적 병폐가 치유됨으로써 사회에 복귀해 자기 역할을 해
나갈 수 있다.

공공의 양심이 각성되고 계몽됐음을 나타내는 또다른 특징
은 노동자 계급에게 보다 나은 주택을 공급하려는 노력이다.
백 년 전만 해도 빈민의 거주지가 위생적인지 편리한지 햇빛이

잘 드는지에 관심을 가진 사람이 있었는가? '좋았던 옛 시절'에도 콜레라와 발진티푸스가 모든 나라를 휩쓸었고 페스트가 유럽의 주요 도시들에 만연했음을 잊어서는 안 된다.

우리의 노동자 계급은 더 나은 집과 더 나은 일터를 갖게 됐을 뿐만 아니라, 고용인들도 최저 생계비 이상의 임금을 요구하는 피고용인들의 권리를 이해하게 됐다. 현대 산업 쟁의의 어둠과 혼란 속에서 우리는 그런 투쟁의 기초가 되는 원리를 그저 어렴풋이 알 뿐이다. 모든 사람의 '삶, 자유, 행복 추구' 권리에 대한 인정, 에드먼드 버크(1729~1797, 영국의 정치가)가 꿈꾼 화해의 정신, 약자에게 양보하는 강자의 전향적 태도, 고용인의 권리는 피고용인의 권리와 불가분의 관계라는 인식, 바로 이것들에서 낙관주의자는 우리 시대의 특징을 읽어낸다.

미국이 모든 사람에게 인정하는 또다른 권리로 교육받을 권리가 있다. 유럽의 계몽된 지역과 미국에는 모든 도시와 마을에 학교가 있다. 그것은 더 이상 지식을 접할 수 있는 계급만을 위한 학교가 아니다. 빈민 노동자의 아이들에게도 학교 문은 열려 있다. 문명화된 나라들에서 보편교육 덕분에 문맹이 퇴치되고 있다.

교육은 모든 이에게 확장되고 있고, 모든 진리를 향해 깊어지고 있다. 학자들은 더 이상 그리스어, 라틴어, 수학 등에 국한되지 않고 과학까지 연구하고 있다. 과학을 통해 시인의 꿈,

수학자의 이론, 경제학자의 가설을 선박과 병원 그리고 도구로 전환한 덕분에 숙련공 한 사람이 천 명분의 일을 할 수 있게 됐다. 오늘날에는 학생에게 문법을 배웠느냐고 묻지 않는다. 학생이 무슨 단순한 문법 기계인가, 과학적 사실을 담은 무미건조한 카탈로그인가? 아니면 학생이 그저 남성적 기질만 지녔는가? 진정 학생이 배워야 할 것은 중요한 공공 문제를 해결하기 위해 노력하고, 새로운 사상과 진리관에 대해 개방적인 정신을 유지하고, 부를 추구하면서 놓치게 되는 보다 훌륭한 이상을 되찾고, 사람과 사람 사이의 정의를 더 잘 구현하는 방법이다. 학생은 인간의 노동을 말, 기계, 책으로 대체할 수 있다고 배운다. 하지만 상식, 인내, 성실, 용기를 대체할 것은 없다.

시각 및 청각장애인의 위상이 백 년 전과 얼마나 다른지 생각해본다면 과연 누가 거대한 교육적 성과를 의심할 수 있을까? 예전에 시각 및 청각장애인은 미신에서 비롯된 동정의 대상이라서 가장 미천한 거지의 운명을 함께했다. 모든 사람들은 그들의 처지를 절망적으로 보았고, 이런 시선 때문에 그들은 더욱 깊은 절망에 빠져들었다. 시각장애인들조차도 자신들에게 글 읽는 법을 가르쳐주겠다는 발렌틴 아위(1745~1822, 프랑스의 서법학자, 최초의 시각장애인 학교 설립자)를 면전에서 비웃었다. 사람들에게 어떤 선도 기대하지 말라고, 자신들을 구원하려는 모든 노력을 정신병자의 엉뚱한 짓으로 여기라고 가르치는 환경

속에 갇힌 답답한 심정이란 얼마나 비참하겠는가!

하지만 지금의 변화를 보라. 시각장애인을 위한 기관과 산업체가 얼마나 마법처럼 생겨났는지 보라. 얼마나 많은 청각장애인이 읽고 쓰기뿐만 아니라 말하기까지 배웠는지 보라. 그리고 새뮤얼 그리들리 하우의 신념과 인내 덕분에 시청각장애인을 가르치고 교육 환경을 마련하기 위해 사방팔방에서 진행된 노력이 결실을 거뒀음을 기억하라. 이런데도 내가 희망에 부풀어 고양된 것이 이상한가?

교육의 가장 큰 성과는 관용이다. 오래전에 사람들은 자신의 신념을 위해 싸우고 죽었다. 하지만 그들에게 다른 종류의 용기, 즉 자기 형제의 신념과 자기 양심의 옳음을 인정하는 용기를 가르치는 데는 긴 세월이 걸렸다. 관용은 공동체에서 가장 중요한 원칙이다. 관용은 모든 사람이 생각하는 '최선'을 유지시키는 정신이다. 홍수와 번개에 의한 어떠한 손실보다, 자연의 무서운 힘에 의한 도시와 신전의 어떠한 파괴보다 훨씬 더 많은 고귀한 목숨을 앗아간 것은 바로 불관용(不寬容)이다.

불안하고 슬픈 마음에 나는 불관용과 편협의 시대를 돌이켜본다. 나는 예수가 경멸당하고 십자가에 못 박히는 것을 본다. 예수 추종자들이 쫓겨다니고 고문당하고 화형에 처해지는 것을 본다. 나는 중세시대에 미신에 반기를 든 고귀한 영혼들이 불경죄로 고통받다 쓰러진 곳에 있다. 나는 입으로만 기독교를

◁ 옅은 미소를 짓고 있는 헬렌 켈러. 1909년.

믿는 척하는 자들에게 욕설을 듣고 박해를 당하다 죽어가는 유대인을 본다. 나는 그들이 가는 곳마다 내몰리고, 피난처마다 쫓기고, 중죄인으로 불려가고, 채찍질을 당하고, 순교의 고통을 겪으면서도 그토록 일관되게 신념을 고백하며 조롱당하는 것을 본다. 유대인을 억압한 그 편협이 순수한 삶을 사는 기독교 비순응주의자에게 호랑이처럼 달려든다. 그래서 알비파(12세기경 프랑스 남부에서 생긴 기독교 개혁 이단의 분파)와 평화로운 발도파(12세기 프랑스에서 활동한 기독교 개혁 운동가들)를 소탕하니, '그들의 뼈가 추운 산에 널려 있다.'

나는 구름이 서서히 갈라지는 것을 본다. 그리고 편협에 맞서 저항하는 함성을 듣는다. 재판관은 관용적인 제재 조치를 취하고, 인도주의자는 박해받는 이에게 평화의 메시지를 전한다. 사람들은 "이단자를 화형시켜라!"라고 외치는 대신에, 같은 인간의 영혼을 헤아린다. 그리하여 보이지 않는 것에 대한 새로운 경외감이 그들의 마음속에 파고든다.

교파나 교의가 같은 구성원들의 작은 규합보다 폭넓은 의미를 지니는 사해형제(四海兄弟)라는 개념이 세계에서 재조명을 받고 있다. 그리고 테오도어 레싱(1872~1933, 독일계 유대인 철학자) 같은 위대한 영혼의 사상가들이 세상의 답변을 요구한다. 서로 싸우는 종교들의 증오와 무모함이 더 신의 뜻에 가까운지, 아니면 아름다운 조화와 상호부조가 더 신의 뜻에 가까운지.

‘같은 인간에게 적대적인 인간’이라는 구시대의 편견이 관대한 감정의 발산 앞에서 비틀거리다가 물러나고 만다. 이런 관대한 감정은 형식 때문에 희생을 강요하지 않으며 믿음이 주는 위안과 힘을 앗아가지도 않는다. 과거 한 시대의 이단이 다음 시대에 정통이 된다. 이제 단순한 관용은 물러나고 모든 종파의 신실한 사람들 사이에 사해동포라는 감정이 들어선다. 낙관주의자는 가톨릭과 개신교 간의 애정 어린 상호 공감에 기뻐한다. 이런 공감은 전 세계의 선한 사람들 편에 선 교황 레오 13세(1810~1903, 비(非)가톨릭과의 소통에 노력함)를 향한 보편적인 존경과 진심 어린 찬탄에서 드러난다. 랠프 월도 에머슨(1803~1882, 미국의 사상가 겸 시인, 교회를 떠나 초절주의자가 됨)의 탄생과 윌리엄 엘러리 채닝(1780~1842, 미국의 유니테리언 성직자, 1803년 목사가 됨) 관련 100주년 기념행사는 모든 종파의 사람들이 순수한 영혼을 추앙한 예에 해당한다.

나는 이렇게 우리 시대를 바라보면서 내가 세계시민이어서 기쁘다. 또 내 나라를 생각하면서 미국인이 낙관주의자임을 깨닫는다. 나는 미국령 필리핀에서 있었던 불행하고 부당한 사태(1899~1902, 필리핀-미국 전쟁, 미국이 승리하여 1946년까지 지배)를 알고 있다. 나는 국정 운영에서 이따금 국민의 최고 지성이 제대로 표현되지 못한다고 생각한다. 율리우스 카이사르(BC 100~BC 44, 로마의 정치가)에 관한 역사책에 따르면, 내전이 거듭되는 동안에도 수백만의 평화로운 목동과 노동자는 최대한 일을 했다. 그러다 소수가 이끄는 군대들이 들이닥치기 전에 피신하여 위험이 지나가기를 기다렸다가 돌아와 끈질긴 노력으로 피해를 복구했다. 이렇듯 국민은 끈기 있고 성실하지만, 그들의 지배자는 갈팡질팡하며 죄를 짓는다.

나는 세계와 미국에서 적의 목숨을 노리는 것보다 새롭고 바람직한 애국심을 봐서 기쁘다. 이것은 전쟁터에서의 애국심보다 차원 높은 애국심이다. 수많은 사람들이 이런 애국심을 본받아 사회봉사에 평생을 바친다. 그 모든 헌신 덕분에 우리는 옥수수밭이 더 이상 전쟁터로 변하지 않는 시대에 바짝 다가설 수 있다. 그래서 나는 필리핀에서 벌어진 잔인한 전쟁에 대해 듣고도 절망하지 않았다. 왜냐하면 우리 국민의 마음은 그 전쟁을 원하지 않았고 언젠가 파괴자의 권력이 무너지리라는 것을 알았기 때문이다.

낙관주의의 실천

　모든 믿음의 가치는 그것이 삶에 미치는 실질적 영향으로 드러난다. 낙관주의가 세계를 앞으로 전진시키고 비관주의는 그것을 방해한다는 것이 사실이라면, 비관주의 철학을 전파하는 것은 위험하다. 세상 속에서 고통이 기쁨보다 커서 불행한 신념을 표출하는 사람은 고통만 더할 뿐이다. 쇼펜하우어 (1788~1860, 독일)는 인류의 적이다. 진심으로 그가 이 세계는 가장 불행한 세계라고 믿었다 하더라도 환경과 맞서 싸울 인간의 의욕을 앗아가는 이념을 퍼뜨려서는 안 됐다. 만약 그가 삶에서 빵 대신 재를 얻었다면, 그것은 그의 잘못이다. 삶은 공평해서, 우리가 굴복하지 않는다면 정의가 번영하게 돼 있다.
　일단 비관주의에 마음을 사로잡히면, 삶은 온통 혼란스러워지고 정신은 허무와 번뇌로 가득해진다. 그러면 개인이나 사회의 혼란을 해결할 방법이 없어서 나태와 멸망에 이를 수밖에 없다. 비관주의자는 이렇게 말한다.

"내일이면 우리는 죽을 테니, 먹고 마시고 즐기자."

비관주의자의 관점에서 내 삶을 볼 것 같으면 나는 이미 끝장났어야 한다. 나는 내 눈에 들어오지 않는 빛과 내 귀에 울리지 않는 음악을 부질없이 갈구했어야 한다. 밤낮으로 애걸복걸하며 만족이란 몰랐어야 한다. 지독한 고독에 빠져 공포와 절망의 포로가 된 채 홀로 들어앉았어야 한다. 하지만 나는 행복해지는 것이 나 자신과 타인에 대한 도리라고 생각하기에, 어떤 육체적 박탈보다 더한 불행에서 벗어나려 한다.

희망도 없고 선하지도 않은 자가 어찌 감히 인생의 짐을 특혜로 여기며 견뎌내는 사람들의 용기에 그림자를 드리우겠는가? 낙관주의자는 물러서지도 않고 기가 죽지도 않는다. 자신의 위치를 지키지 못하면 이웃이 피해를 입는다는 사실을 알기 때문이다. 따라서 낙관주의자는 대담하게 자기 자리를 지키며 암묵적 직분을 기억한다. 자신의 불행은 자기만의 것으로 족하다. 낙관주의자는 운명의 쇠코뚜레를 손에 쥐고 그걸 도구 삼아, 자기 앞길을 가로막는 장애물을 부숴버린다. 마치 그는 지상에 천국을 이룩하는 일이 자신에게만 주어진 것처럼 그렇게 노력한다.

우리는 이미 복음 설파자들을 비롯한 세계의 철학자들이 낙관주의자였음을 알고 있다. 복음 실천가들을 비롯한 그들 이외의 위인들 또한 그러했다. 새뮤얼 그리들리 하우는 할 수 있다는 믿음을 가지고 시작했기에 로라 브리지먼의 영혼에 이르는 방법을 찾아냈다. 영국의 판사들은 법률상 시청각장애인은 백치(白痴)라고 했다. 그렇다면 낙관주의자는 어떻게 할까. 하우는 가혹한 법논리에 반박한다. 그는 둔하고 무덤덤한 육체를 들여다본다. 인간의 속박된 영혼을 본다. 그리고 침착하고 결연하게 그 속박을 벗겨낸다. 하우의 노력은 성공적이다. 그는 백치로 지성을 빚어낸다. 그리하여 시청각장애인도 의사능력(意思能力)이 있는 존재임을 법 앞에 증명한다.

발렌틴 아위가 시각장애인에게 글 읽기를 가르치겠다고 하자 비관주의자들은 그를 바보라고 비웃었다. 아위가 인간의 영혼은 이를 속박하는 무지보다 강하다는 것을 믿지 않았다면, 다시 말해 낙관주의자가 아니었다면, 시각장애인의 손가락을 새로운 도구로 변화시키지 못했을 것이다. 비관주의자는 별의 비밀을 발견한 적도 없고, 미지의 땅을 찾아 항해한 적도 없고, 인간의 정신에 새로운 창공을 열어준 적도 없다.

성 베르나르 디 클레르보(1091~1153, 프랑스의 대수도원장)는 철저한 낙관주의자여서, 선지자 250명(당시의 주교 숫자)이 십자군 시대를 뒤덮은 어둠을 밝힐 수 있을 거라 믿었다. 그리고 그의

새뮤얼 그리들리 하우(오른쪽)와 로라 브리지먼(1878년).

신념에서 비롯된 빛이 새날이 밝듯 서유럽을 환하게 비추었다.

이탈리아 도시의 가난하고 의지할 데 없는 사람들을 돌보는 자선가였던 조반니 돈 보스코(1815~1888, 이탈리아의 성직자 겸 교육자) 또한 낙관주의자이자 선지자였다. 당시에 그는 아직 이탈리아 사람들에게 전파되지 않은 '신성한 이념'을 깨달았다. 사람들은 보스코의 선견지명을 비웃고 그에게 미친놈이라고 했다. 하지만 보스코는 끈기 있게 사역을 계속해서 거리 부랑아들을 위한 집을 손수 꾸려나갔다. 열정적으로 일하면서 자신의 사역에서 비롯될 놀라운 운동을 예언했다. 심지어 기부금이나 후원이 들어오기 전에도 이탈리아 전역으로 확장될 훌륭한 학교와 병원 시스템에 대해 열렬히 설파했다. 그리하여 그는 자신의 선지적 낙관주의가 구현된 살레시우스회(會)의 설립을 살아생전에 볼 수 있었다.

에두아르 세갱(1812~1880, 프랑스 출신의 미국 의사 겸 교육자)이 지적장애인(정신지체인)도 학습할 수 있다고 주장했을 때도 사람들은 비웃었다. 사람들은 그가 백치나 다름없다며 독설을 퍼부었다. 하지만 이 숭고한 낙관주의자는 의연했다. 결국 이 마뜩지 않은 비관주의자들은 자신들이 조롱한 세갱이 세계적인 자선가가 되는 걸 지켜봐야 했다.

이렇듯 낙관주의자는 믿음을 가지고, 도전하고, 성취한다. 낙관주의자는 언제나 햇살을 마중한다. 머지않아 경이롭고 형용할 수 없는 빛이 내려와 그를 비춘다. 그러면 그는 그 빛을 반갑게 맞이한다. 그 빛의 영혼이 그에게 깃들면, 그는 모든 새로운 발견을 향한, 역경 너머 모든 새로운 승리를 향한, 더 많은 인간의 지식과 행복을 향한 즐거운 행진을 재촉한다.

우리는 위대한 사상가들과 위대한 실천가들이 낙관주의자임을 이미 알고 있다. 이름을 떨친 문인들 또한 작품과 삶 속에서 낙관주의자였다. 어떤 비관주의자도 자기 천재성에 걸맞은 폭넓은 독자를 확보한 적이 없다. 하지만 많은 낙관주의 작가들은 자기 재능의 폭을 넘어서는 독자를 확보하고 칭송을 받았다. 그것은 모두 삶의 밝은 면에 대해 쓴 덕분이다.

찰스 디킨스(1812~1870, 영국), 찰스 램(1775~1834, 영국), 올리버 골드스미스(1730~1774, 영국), 워싱턴 어빙(1783~1859, 미국)을 비롯해 존경받고 품위 있는 모든 해학 작가들은 낙관주의자였다. 반면에 비관주의자 조너선 스위프트(1667~1745, 아일랜드)는 비범한 천재성에 걸맞은 많은 독자를 두지 못했다. 정말이지, 스위프트가 시대를 건너뛰어 19세기의 윌리엄 새커리(1811~1863, 영국)를 만나더라도, 이 관대한 낙관주의자로부터 공정한 평가를 받을 리 없다.

오마르 하이얌(1048~1131, 페르시아)의 시집 『루바이야트』가 오늘날 악평을 받고는 있으나, 믿음을 가진 이였을 그가 내세운 철학의 기반은 낙관주의로 볼 만하다. 토머스 칼라일과 존

러스킨(1819~1900, 영국)이 때때로 그랬듯이 하이얌도 고함지르고, 언쟁을 벌이고, 한탄했을지 모른다. 하지만 그가 쓴 작품의 저변에는 선한 운명과 삶에 대한 기본적 신뢰가 흐른다.

윌리엄 셰익스피어(1564~1616, 영국)는 낙관주의의 대가이다. 그가 쓴 비극은 도덕적 질서의 발현이다. 좀더 바람직한 것에 대한 기대가 담겨 있는 『리어 왕』과 『햄릿』에서는 누군가가 작품의 끝까지 살아남아서 잘못을 바로잡고 사회를 회복하고 상황을 새롭게 구축한다. 후기 희곡인 『템페스트』와 『심벨린』에서는 아름답고 평온한 낙관주의를 제시하면서 화해와 재회를 기뻐하고 내적인 선뿐만 아니라 외적인 선의 승리를 계획한다.

로버트 브라우닝(1812~1889, 영국)은 좀더 이해하기 쉽게 시를 썼더라면 틀림없이 19세기를 주도하는 시인이 됐을 것이다. 나는 "오, 이 가을 아침, 고색창연한 갈색 대지의 선량하고 거대한 미소여!"라는 그의 노래를 들으면 황홀경에 빠진다. 그리고 불완전이 있기에 완전이 존재한다는 그의 말은 얼마나 고무적인가. 완성은 미완성에서 비롯되고, 패배는 때가 되면 맞이할 승리의 징표이다. 그렇다. 부조화가 있으면 조화가 나타날 것이다. 고통이 사라지면 건강이 새로워질 것이다. 아마 내가 보지도 듣지도 못하기 때문에 시각이나 청각이 불편한 다른 사람들은 보다 온전하게 보고 듣는다고 느낄 것이다.

나는 브라우닝에게서 헛된 선은 없다는 것을 배웠다. 또한 선이 있기에, 좋든 나쁘든 내 삶을 살아가고 내가 아는 최선을 다하고 두려움에서 벗어나고 하는 것들이 쉬워진다는 것도 깨달았다. 고통, 어둠, 추위라는 삶의 빚을 즐거운 마음으로 갚으라는 그의 충고에 내 마음은 자신감 있게 화답한다. 삶의 짐을 들어올려라. 그것은 신이 내린 선물이니, 당당히 견뎌내라.

세상에 목소리가 널리 알려진 문인은 틀림없이 낙관주의자이다. 그의 목소리에는 그의 삶에서 나온 메시지가 담겨 있다. 로버트 루이스 스티븐슨(1850~1894, 스코틀랜드)의 삶은 사망한 지 불과 십 년 만에 전설이 됐다. 그는 새뮤얼 존슨(1709~1784, 영국)과 찰스 램 이래 가장 훌륭한 문인이자 영웅으로 자리를 잡았다. 내가 용기를 잃고 비틀거린 때가 생각난다. 어떤 일에 며칠 동안 열심히 매달렸지만 도통 끝낼 수가 없었다. 곤혹스러워하던 중에 나는 스티븐슨의 수필을 읽었다. 덕분에 나는 어려운 일로 낙담하지 않고 햇살 속으로 산책 나간 느낌을 받을 수 있었다. 나는 새롭게 용기를 내서 다시 도전했고 그러다 보니 어느새 잘 끝마쳤다. 이후로도 많은 실패를 겪었지만 이전처럼 실의에 빠지는 일은 없었다. 나는 불굴의 설교자로부터 '웃는 얼굴'의 가르침을 얻었다.

쇼펜하우어와 오마르의 글을 읽으면 그들처럼 세상의 공허함을 발견하게 된다. 그런데 역사학자 존 리처드 그린의 영국사를 읽으면 세계는 영웅으로 가득하다. 나는 그린의 역사책을 읽으면 왜 낭만적 활력에 휩싸이게 되는지 몰랐다. 그의 전기를 읽고 나서야 비로소 상상력이 뛰어난 그가 어떻게 힘들고 각박한 인생을 새롭고 활기 찬 꿈의 세계로 바꿨는지 알게 됐다. 그린과 그의 아내는 너무 가난해서 불을 피울 수 없었다. 그러자 그린은 불 꺼진 벽난로 앞에 앉아 불길이 훨훨 타오른다고 상상했다. 그는 이렇게 말했다.

"생각을 단련하라. 우울한 생각은 접고 밝은 생각을 이끌어내라. 눈을 감으면 진부한 철학자에게 들을 수 있는 것보다 많은 지혜가 보인다."

모든 낙관주의자는 진보와 더불어 나아가면서 진보를 촉진한다. 반면에 모든 비관주의자는 세상을 정체시킨다. 비관주의가 한 국가의 일생에 미치는 영향은 개인의 일생에 미치는 영향과 마찬가지이다. 비관주의는 가난, 무지, 범죄에 맞서 싸우려는 본능을 죽이고, 세상에 존재하는 모든 기쁨의 샘을 고갈시킨다.

나는 가난한 사람들에게 용기를 북돋워주는 나라를 떠나 숙명론(운명론)이 지배하는 인도를 찾아가는 상상을 한다. 인도에서는 3억의 인구가 거의 사람 사는 거라 할 수 없고, 무지하고 궁핍하며, 점점 더 깊은 수렁으로 빠져들고 있다. 왜 그럴까? 그들은 인간이 풀과 같고 풀은 시들해지므로 지상에 더 이상 신록이 존재하지 않는다고 가르치는 철학에 수천 년 동안 사로

잡혀 왔다. 그들은 그림자 속에 가만히 앉아서 자신들이 지배해야 할 환경에 자신이 구속되게 내버려둠으로써 스스로 인간다움을 거부한다. 그러면 연극 속의 꼭두각시처럼 춤추고 절을 하게 된다. 얼마간의 세월이 흐르고 나서 죽음이 찾아와 황급히 무덤으로 떠나고 나면, 다른 '가짜 열정과 욕망'을 가진 다른 꼭두각시들이 그 자리를 채우고, 그런 현상이 수세기에 걸쳐 계속된다.

인도에 가보라. 진보에 대한 신념이 부족하고 어둠의 신들에게 절을 하는 나라에 어떤 종류의 문명이 전개되고 있는지 살펴보라. 브라만교(바라문교)의 영향으로 천재성과 패기가 짓눌려 왔다. 가난한 사람을 돕는 사람이 없고, 사생아와 미망인을 보호하는 사람도 없다. 병자가 돌봐주는 사람도 없이 누워 있다. 시각장애인은 보는 법을 모르고 청각장애인은 듣는 법을 몰라서 길가를 떠돌다 죽어간다. 인도에서 시각장애인과 청각장애인을 교육시키는 것은 죄이다. 왜냐하면 시각장애인과 청각장애인이 지닌 장애를 전생에 저지른 죄의 대가로 여기기 때문이다. 만약 이런 숙명론적 교리가 지배하는 나라에 태어났더라면 나는 여전히 암흑 속에 갇혀 있었을 것이다. 그래서 내 삶은 정신과 내세 사이를 오가는 생각의 교통이 없는 사막이었을 것이다.

인도인들은 인내는 좋게 생각하지만 저항은 좋지 않게 여긴

행복해지는 가장 간단한 방법

탓에 외세에 정복당해 왔다. 인도 역사는 바빌론 역사의 반복이다. 멀리 떨어진 한 나라가 순식간에 쳐들어와서는 아무 저항도 받지 않고 잠도 자고 쉬기도 했다. 하지만 침입자들은 땅을 황폐하게 만들고 인도 "백성이 의지하는 것을 모두 없앴다. 그들이 의지하는 모든 빵과 모든 물을 없앴으며, 용사와 군인과 재판관과 선지자, 점쟁이와 장로를 없앴다."[2] 그리고 아무도 그들을 해방시키지 않았다.

게다가 그 찬란하고 영혼이 빛나는 대지를 슬픔에 빠져 기가 죽은 채 배회하고, 대지의 아름다움을 알아보지 못하고, 대지의 음악을 알아듣지 못하는 자들에게, 그리고 "악한 것을 선하다고 하고 선한 것을 악하다고 하는 자들에게, 어둠을 빛이라고 하고 빛을 어둠이라고 하는 자들에게 재앙이 닥치는 법이다."[3]

다코타 지방의 평원에서 세계를 먹여 살릴 식량을 생산하는 서구의 성실한 후손들이 브라만(인도의 카스트 중 가장 높은 승려 계급) 따위를 거들떠나 보겠는가. 그들은 인도인들에게 이렇게 말할 것이다.

"천년 동안이나 무용지물이었던 당신네 철학을 몰아내라. 현실과 삶을 새로운 시각으로 바라보라. 브라만과 그릇된 신들일랑 물리쳐라. 그리고 비슈누(창조신 브라마, 파괴신 시바와 더불어 3대 신인 보존신)와 수호신을 열심히 모셔라."

낙관주의는 성취를 이끌어내는 신념이다. 희망이 없으면 아무것도 이룰 수 없다. 자유로운 사회에 대한 비전이 없었다면 우리 선조들이 어떻게 미국 연방의 기초를 쌓을 수 있었겠는가? 선조들은 춥고 황량한 하늘에 맞서고, 눈으로 하얗게 뒤덮인 황무지를 가로지르며 곳곳에 숨은 야생의 위험을 피해 다녔다. 그러면서 산을 깎아 평지를 만들고, 계곡을 메우고, 강에 다리를 놓고, 지상의 오지에 문명을 일구겠다는 약속을 굳건히 지켜나갔다. 비록 자신들이 아는 성서 속 이상대로는 아니었지만 개척자들은 오늘날까지 존속하는 모든 것의 원형을 구축했다. 그들은 사상과 인쇄된 책에 담긴 내용, 자치와 영국 보통법에 대한 깊은 열망을 황무지에 실현했다. 영국 보통법은 왕과 백성을 평등하게 재판하며, 우리 사회의 전체 구조를 지탱한다.

보통법의 기초가 낙관주의라는 사실은 의미심장하다. 라틴계 국가의 법원은 비관적 편견을 가지고 법을 집행한다. 죄인은 무죄가 입증될 때까지 유죄이다. 하지만 영국과 미국은 낙관적 추론을 따른다. 피의자는 유죄를 부인하는 것이 불가능해질 때까지 무죄이다. 이러한 법체계에서는 많은 범죄자들이 무죄로 석방된다고들 하지만, 그래도 많은 무고한 사람들이 고통을 겪는 것보다는 확실히 낫다. 비관주의자는 이렇게 외친다.

"인간에게 항구적인 선이란 없다! 세상 만물은 끝없이 질서를 잃어가다 결국 혼돈에 이르게 마련이다. 악한 것에 선한 생각이 존재한 적이 있더라도 무력하기 짝이 없었다. 세계는 멸망으로 치닫고 있다.”

하지만 보라. 지구상에서 가장 분별 있고 실용적이고 준법적인 나라들의 법에서 인간을 선하게 보고 악의 입증을 요구하고 있지 않은가.

다시 말하건대, 낙관주의는 성취를 이끌어내는 신념이다. 세상의 선지자들은 마음이 선했다. 그렇지 않았다면 그들의 규범은 지켜주는 이 하나 없이 들판에 무방비로 내버려졌을 것이다. 톨스토이의 비판은 비관적이어서 힘을 잃었다. 만약 톨스토이가 미국의 결점을 분명하게 파악하고 미국에 그것을 극복할 능력이 있다고 믿었다면, 미국인들은 그의 비난을 고무적으로 받아들였을 것이다. 하지만 세상은 절망하는 선지자에게 등을 돌리고 에머슨의 말에 귀를 기울인다. 에머슨은 미국이 지닌 우수성을 고려할 뿐만 아니라, 아무도 옹호할 수 없거나 부인할 수 없는 결점만을 비판한다. 또 미국인들은 의심과 분쟁과 궁핍의 시대에 결코 흔들리지 않았던 강인한 인물인 에이브러햄 링컨(1809~1865)의 말에도 귀를 기울인다. 링컨은 먼 장래의 성공을 내다보고 불굴의 희망으로, 일말의 희망도 버리지 않음으로써 국민에게 용기를 심어준다. 절망적인 밤일지라도 그가 “다 잘되고 있습니다.”라고 말하면 수많은 이들이 그의 자신감에 희망을 건다. 링컨 같은 인물이 비판하고 결점을 지적하면 국민이 수긍하고 받아들인다. 그의 말은 사람들의 귀에 쏙쏙 들어온다. 하지만 예레미야(성서 속 예언자) 같은 비관주의자의 말에는 귀가 둔감해진다.

신문은 이 점을 기억해야 한다. 언론은 현대 세계의 설교단이다. 언론을 차지하는 설교자들에 의해 많은 것이 좌우된다. 만약 언론이 부당한 정책에 효과적으로 대항한다면, 설교자의 말이 99일 동안 목소리를 키우고 기운을 북돋워줘서 100일째에는 비판의 목소리가 100배는 더 강해질 것이다. 이것이 링컨의 방식이다. 링컨은 국민을 알았다. 그는 국민을 믿었고 훌륭한 다수의 정의와 지혜에 자신의 신념을 걸었다. 링컨은 자신의 꾸밈없고 적극적인 방식대로 "모든 국민을 항상 속일 수는 없다."라고 말했다. 이것은 그가 위대한 원칙, 즉 인간 본성에 대한 믿음이라는 원칙을 밝힌 것이다.

존경받지 못하면 선지자가 아니다. 따라서 비관주의에서 벗어나야 한다. 이스라엘인들을 악한 자들의 손아귀로부터 구원하려고 한 예레미야의 예언보다는, 이스라엘인들을 고향으로 돌려보내려고 한 이사야의 환상 예언이 훨씬 더 중요한 역할을 했다.

사람들은 심지어 크리스마스에도 예수 그리스도가 선한 선지자로 탄생했다고 하지 않는가? 예수의 기쁨에 찬 낙관주의

꽃을 만지고 있는 헬렌 켈러. 1912년.

는 열에 들뜬 입술을 적시는 물과 같다. 최고의 설교는 '여덟 가지 복'[4]이다. 예수가 오랜 세월 서구 세계를 지배한 것도 이런 낙관주의 덕분이다. 무려 1900년 동안이나 기독교도들은 예수의 빛나는 얼굴을 응시하면서 세상 만물이 서로 도와 선을 이루리라 예감했다. 사도 바울 또한 지난한 역경 너머 천국의 무한한 지평을 내다보는 믿음을 가르쳤다. 그 천국은 완벽한 깨달음의 빛 속에서 모든 한계가 사라지는 곳이다.

시각장애인으로 태어난 자는 어둠 속의 보물을 찾아야 한다. 그 보물은 오빌(성서 속 유명한 금 산지)의 황금보다 귀하다. 그 보물은 바로 사랑과 선이고 진리와 희망이며, 그 값어치는 루비와 사파이어보다 훨씬 높다.

예수는 평화와 이성의 메시지, 사물이 아닌 생각(이데아)에 대한 믿음, 정복이 아닌 사랑에 대한 믿음을 설파했고, 사도 바울은 이를 증언했다. 낙관주의자는 인간의 행동을 이끄는 것이 군대가 아니라 도덕적 힘이라는 사실을 아는 사람이다. 알렉산더와 나폴레옹의 정복이 뉴턴과 갈릴레오와 성 아우구스티누스의 조용한 세계 지배보다 오래가지 못한다는 사실을 아는 사람이다. 생각은 총과 칼보다 강하다. 낙관주의자가 이곳저곳을 다니며 조용히 생각을 전파하면, 인류는 밖으로 나가 풍성한 수확을 거둬들이며 신에게 감사한다. 하지만 군인이 이룬 성취는 천막 도시와 같아서, 오늘은 야영지지만 내일이면 모두 공격받아 사라지고 작은 구덩이와 지푸라기 더미만 남는다. 이것이 바로 이천 년 전 예수가 전한 복음이다. 크리스마스는 낙관주의의 축제이다.

설령 제압되지 않은 거대한 악이 여전히 존재하더라도 낙관주의자는 이런 악에 눈멀지 않고 희망으로 충만하다. 낙관주의자의 신념에는 낙담이 들어설 여지가 없다. 왜냐하면 낙관주의자는 신의 변치 않는 정의와 인간의 존엄성을 믿기 때문이다. 역사는 인간이 성공한 등정의 기록이다. 인간의 진보에서 잠시의 중단은 앞으로의 큰 도약을 위한 휴식에 불과했다. 그 시절은 혼란기가 아니다. 실제로 우리가 받들던 일부 신전이 무너지면 우리는 더욱 고원하고 성스러운 새 신전을 그 성지에 지었다. 또한 조상이 물려준 일부 중요한 신체적 기능을 잃어버리더라도 우리는 정신적 고귀함으로 그것을 대신함으로써 분노를 가라앉히고 패배자의 상처를 감싸주었다. 인간이 과거에 이룩한 모든 것 덕분에 오늘날 우리가 있고, 과거의 백일몽은 명백한 현실이 됐다. 바로 그 현실에 우리의 희망과 확고한 믿음이 존재한다.

나는 진솔하고 성실한 낙관주의를 추구하기에, 나의 상상력은 '미래의 구름 장막 위에 더욱 영광스런 승리를 그린다.' 나는 체제와 권력이 맞서 벌이는 격렬한 싸움과 혼란 속에서 더욱 밝은 정신적 시대가 서서히 부상하는 것을 본다. 그 시대에는 영국도 없고, 프랑스도 없고, 독일도 없고, 미국도 없다. 이 나라 국민도 없고 저 나라 국민도 없다. 다만 하나의 가족인 인류, 하나의 법인 평화, 하나의 필요조건인 조화, 하나의 수단인 노동, 하나의 감독인 신이 있을 뿐이다.

낙관주의자로서의 신념을 다시 말하라고 한다면 나는 이렇게 말할 것이다.

"나는 신을 믿는다. 나는 인간을 믿는다. 나는 정신의 힘을 믿는다. 나는 자기 자신과 타인을 격려하는 것이 신성한 의무라고 믿는다. 아울러 신의 세계에 반하는 어떤 불행한 말도 입에 담지 않는 것 또한 신성한 의무라고 믿는다. 왜냐하면 신이 선하게 창조하고 수많은 사람들이 선하게 지켜가려 애쓰는 세상에 대해 불평할 권리는 어느 누구에게도 없기 때문이다. 나는 우리가 그렇게 하면, 다른 사람은 고통받는데 자기는 마음 편히 사는 그런 사람이 없는 시대가 점점 더 가까워지리라 믿는다."

이것이 나의 신념이다. 그런데 이 신념을 좌우할 또다른 것이 있다. 그것은 바로 밀어닥치는 모든 폭풍우에도 이 신념을 지켜내고, 재앙이 닥치고 장애를 겪더라도 이 신념을 원칙으로 삼아야 한다는 것이다. 신은 선하게 이루었고, 낙관주의는 인간의 정신과 신의 정신 간의 조화이다.

내가 사는 세상

The World I Live In

1908

※1908년 7월 단행본으로 출간됨(The Century Co., New York).

나의 오랜 절친한 후원자

헨리 H. 로저스[5] 씨에게

머리말

이 책에 수록된 수필과 시는 원래 「손 이야기」, 「지성과 감성」, 「나의 꿈」이라는 제목으로 《센추리 매거진》에 실렸다. 글을 쓰라고 제안한 리처드 길더(1844~1909, 미국의 시인 겸 편집자)씨의 친절한 관심과 격려에 감사드린다. 그리고 분명히 길더씨는 나의 감사를 받으면 책임감도 느낄 것 같다. 길더 씨와 다른 편집자들의 요청으로 내가 자신에 대한 얘기를 너무나 많이 해버렸기 때문이다.

어떤 의미에서 책은 모두 자전적이다. 그런데 자기 이야기를 쓰는 다른 사람들은 주제를 바꿔가며 글을 써도 남들이 관심을 갖겠지만, 관세나 천연자원 보존 또는 드레퓌스

(1859~1935, 프랑스의 장교, '드레퓌스 사건'의 주인공)라는 인물 주변의 정세에 관해 내가 하는 생각에는 확실히 아무도 관심이 없다. 내가 세계의 교육 체계를 개혁해야 한다고 하면 편집자 친구들은 이렇게 말한다.

"그거 재밌네. 하지만 여섯 살 때 선(善)과 미(美)에 대해 어떤 생각을 했는지 들려주면 더 좋겠어."

먼저 그들은 내게 '어른의 어머니'인 아이의 삶에 대해 이야기해 달라고 한다. 그러고 나서 그들은 나를 '내 자식'으로 만들어 성장 시절의 감성을 들려 달라고 한다. 나중에 내 꿈에 대해 써 달라는 요청을 받고 나면 나는 어느새 나이에 맞지 않는 할머니가 되고 만다. 꿈을 회고하는 것은 노년의 특권이기 때문이다.

편집자 친구들은 생각이 아주 깊다. 세상사에 관해 내가 하는 말은 하나도 재미가 없다고 하는 지적이 전혀 틀리지 않다. 하지만 그들이 내게 나 이외의 문제들에 관해 쓸 기회를 주지 않으면 세상은 내 말을 듣지 못한다. 그러면 비록 그것만큼이나마 세상은 개선되지 않는다. 뿐만 아니라 나는 그저 내가 늘 어놓아도 좋은 하나의 작은 주제를 이야기하는 데만 최선을 다할 수밖에 없다.

「어둠의 찬가」를 시로 쓸 생각은 없었다. 나름대로 소화해서 적은 「욥기」의 장엄한 구절을 제외하고는 산문으로 쓰고 있

다고 생각했다. 하지만 편집자 친구들이 연결성이 없어 보인다
고 하여 시 형식으로 바꾸었다.

1908년 7월 1일

매사추세츠 주 렌섬에서

헬렌 켈러

오른손으로 개(보스턴테리어)를 토닥이며 왼손으로 책을 읽고 있는 헬렌 켈러. 1902년.

손의 시력

살짝 만졌을 뿐인데 나의 개는 온몸으로 좋다는 시늉을 하며 풀 위를 뒹굴었다. 나는 손가락으로 개의 모습을 그려보고 싶어 거미줄을 건드리듯 가볍게 개를 만졌다. 그런데 어라, 통통한 개는 구르다가 일어나 뻣뻣하게 똑바로 섰다. 그러곤 혀로 내 손을 핥았다! 개는 마치 내 손안에 들어앉고 싶기라도 한 듯 몸을 내게 바싹 붙여댔다. 개는 꼬리로, 발톱으로, 혀로 그런 몸짓을 해댔다. 개가 말을 할 수 있다면 아마 촉각으로 천국에 이를 수 있다고 내게 말할 것 같다. 촉각에는 모든 사랑과 지성이 담겨 있기 때문이다.

나는 이 사소한 경험을 하고 나서 손에 대한 이야기를 쓰기 시작했다. 내 이야기에 행운이 따른다면 나의 멋진 개에게 감

탁자 위의 개를 안고 있는 헬렌 켈러. 1902년.

사해야겠다. 아무튼 선점한 사람이 없어서 내가 할 이야기 거리가 있으니 기쁠 따름이다. 인적 없는 숲 속에서 나무에 흰 표적을 새기며 길을 새로 내는 기분이다. 나는 기쁜 마음으로 당신의 손을 잡고 미답의 길을 따라 손이 최고인 세계로 안내하려 한다. 하지만 우리에게는 출발부터 어려움이 따른다. 당신은 너무나 빛에 익숙해서 내가 어둠과 적막의 땅으로 이끌려 할 때 행여 비틀거리지 않을까 걱정스럽다. 시각장애인이 훌륭한 안내자가 될 수는 없는 법이다. 그래도 당신을 놓치지 않겠다고 장담할 수는 없지만 불이나 물로 이끌거나 깊은 구덩이에 빠뜨리지는 않겠다고 약속한다. 만약 참고 따라온다면 '너무나 섬세한 소리가 있어서, 그 소리와 침묵 사이에는 아무것도 존재하지 않는다'는 사실을 알게 될 것이다. 또한 사물에는 눈에 보이는 것보다 훨씬 많은 의미가 들어 있다는 사실도 알게 될 것이다.

　나에게 손은 곧 정상인의 청각과 시각이다. 우리는 대부분 같은 고속도로를 달리고, 같은 책을 읽고, 같은 언어를 말하지만 경험은 서로 다르다. 나의 모든 인지 활동은 손을 중심으로 이뤄진다. 보통 사람들이 사는 세상과 나를 연결시켜 주는 것은 바로 손이다. 손은 고독과 어둠을 뚫고 내 손가락이 마주치는 온갖 즐거움과 활동을 감지하는 더듬이다. 타인의 손에서 내 손으로 전해지는 몇 마디 말 덕분에, 손가락의 작은 움직임

덕분에 나는 지식을 배우고 즐거움을 얻고 충만한 삶을 누린다. 마치 욥처럼, 나는 손이 나를 만들고 나를 주변과 조화롭게 하고 내 영혼도 빚어낸 것처럼 느낀다.

　모든 경험과 생각을 할 때 나는 손을 의식한다. 무엇이든 손을 통해 감동과 흥분을 느낀다. 나는 어둠 속에서 손으로 촉각을 느끼고, 그 촉각은 곧 나의 현실감(리얼리티)이다. 정상인은 기쁨이 느껴지는 광경이나 눈에서 찡한 눈물이 나게 하는 장면은 현실적이지만 내가 촉각으로 감지하는 그런 느낌은 비현실적이라고 말할지 모른다. 그렇지만 손안에서 느껴지는 나비 날개의 섬세한 떨림, 접힌 이파리 사이의 냉기에 돌돌 말려 움츠러들거나 왕포아풀 사이로 아름답게 피어오르는 부드러운 제비꽃잎, 말의 얼굴과 다리에서 느껴지는 매끈하고 탄탄한 윤곽과 부드럽고 둥근 목선, 그리고 말의 코에서 느껴지는 벨벳 같은 감촉, 이 모든 느낌과 그 수많은 느낌의 조합이 내 마음속에서 형상을 이루어 나의 세계를 형성한다.

　생각은 우리가 사는 세계를 이루고, 느낌은 생각을 낳는다. 나의 세계는 물질적 색과 소리는 없이 촉감으로만 이루어져 있다. 하지만 색과 소리가 없어도 숨을 쉬고 생명으로 고동친다. 모든 사물은 내 마음속에서 촉각적 특성들로 연결되어 있다. 나는 그 특성들을 수많은 방식으로 엮어서 힘과 아름다움은 물론이고 부조화도 느낀다. 왜냐하면 나는 사물의 외양에서 아름

행복해지는 가장 간단한 방법

다움뿐만 아니라 우스꽝스러움도 느낄 수 있기 때문이다.

　시각에 의존하는 사람은 촉각으로 얼마나 많은 것을 알 수 있는지 모른다. 손으로 만질 수 있는 모든 것은 움직이거나 고정되어 있고, 고체이거나 액체이고, 크거나 작고, 따뜻하거나 차갑다. 이런 특성들은 제각각 다르게 느껴진다. 둥글게 피어난 수련의 시원함은 여름 저녁 바람의 시원함과 다르고, 또한 자라나는 생물의 심장으로 스며들어 생명과 형상을 이루는 비의 시원함과도 다르다. 장미꽃의 보드라움은 잘 익은 복숭아의 보드라움이나 보조개 팬 아기 뺨의 보드라움과 다르다. 바위의 단단함이 나무의 단단함과 다르듯이, 남성의 깊은 베이스 목소리는 여성의 낮은 목소리와 다르다. 나는 이런 특성들의 특별한 조합에서 내가 아름답다고 부르는 것들을 발견한다. 그 아름다움은 모든 사물이 지닌 곡선과 직선의 흐름에서 생겨난다.

　정상인으로부터 이런 질문을 받을 수도 있겠다.

　"직선은 당신에게 어떤 의미가 있죠?"

　직선에는 여러 의미가 있다. 직선은 의무를 상징한다. 직선에는 의무가 가지는 굽힐 수 없는 특성이 있다. 미뤄서는 안 되는 할 일이 있을 때 나는 어딘가에 다다르려고 직선을 따라 나아가고 있는 듯한 느낌을 받는다. 또는 오른쪽이나 왼쪽으로 벗어나지 않고 끊임없이 가고 있는 듯하다.

　이것이 직선의 의미이다. 이런 도덕적인 대답을 피하려면 이렇게 질문해야 한다.

"직선이 어떻게 느껴지나요?"

내가 보기에 직선은 끝없이 떠오르는 무미건조한 생각처럼 느껴진다. 촉각의 풍성함은 직선에 있지 않고, 직선 아닌 선 또는 많은 곡선과 직선의 어우러짐에 있다. 그런 선은 나타났다가 사라지고, 깊은가 하면 금세 얕아지고, 또 금방 꺾이는가 하면 길게 뻗어가다가 솟아오르기도 한다. 선은 내 손가락 아래에서 솟아올랐다가 가라앉고, 갑자기 시작됐다가 끝나기를 거듭하는데, 그 변화가 무궁무진하고 경이롭다. 따라서 나는 아름다움의 세계로부터 격리되어 있지 않다. 비록 내 손이 석양이나 산의 화려한 색을 볼 수 없고, 깊디깊은 푸른 하늘에 닿을 수도 없지만 말이다.

나는 색을 볼 수 없고 소리도 들을 수 없지만 크기, 모양, 고유한 특성들로 이루어진 세계 속에 살면서 불편할 게 없다는 사실을 물리학을 통해 깨달았다. 왜냐하면 적어도 모든 사물이 내 손가락에는 똑바로 선 것으로 느껴져서, 정상인의 망막에 맺히는 상처럼 뒤집어지지 않기 때문이다. 내가 알기로, 정상인의 뇌는 그 상을 다시 뒤집는 무의식적 수고를 끝없이 하고 있다. 손으로 만질 수 있는 사물은 표면에서 느껴지는 생명의 온기와 더불어 내 뇌 속에 온전하게 들어와서 그것이 실제 공간에서 차지하는 위치에 똑같이 자리한다. 왜냐하면 자기중심

적 사고에서 벗어난 정신은 우주만큼 넓기 때문이다.

언덕을 생각하면 위로 걸어오르는 힘이 느껴진다. 물을 생각하면, 그 속에 뛰어들 때의 갑작스러운 차가움이 느껴진다. 또 내 몸 주위에서 일렁이고 맴돌고 잔물결 치는 파도가 순식간에 부서지는 것도 느껴진다. 나무껍질과 나무줄기의 거칠고 부드럽고, 유연하고 뻣뻣하고, 휘고 곧은 재미있는 변화에서는 실존감이 느껴진다. 튀어나오고 울퉁불퉁한 요지부동의 바위에서는 내 손가락 아래로 온갖 모양의 홈과 구멍이 느껴진다. 내 손가락 끝이 닿지 않는 낯선 밭에 심겨 싹트고 자라고 익은 둥실둥실한 수박과 호박은 내 촉각의 기억과 상상 속에서 웃음을 자아낸다. 내 손가락은 아기 웃음소리의 부드러운 파장에서 기쁨을 느끼고, 헛간 앞마당의 독재자인 수탉의 우렁찬 울음소리에 즐거워한다. 옛날에 애완동물로 키운 수탉이 내 무릎에 홰대 삼아 올라앉아 목을 쭉 빼올리며 울곤 했다.

물론 손가락으로 커다란 전체를 한 번에 느낄 수는 없다. 하지만 손가락으로 부분부분을 느끼면 정신이 그것들을 짜맞춘다. 나는 순서를 정해 물건을 하나씩 만지면서 집 여기저기를 돌아다닌다. 그러면 집 전체를 머릿속에 그릴 수 있다. 하지만 다른 사람의 집에서는 주요 관심거리 사물, 벽 앞의 조각, 독특한 건축 구조물 등 흡사 가족 사진첩처럼 소개받는 것만 만져볼 수 있다. 따라서 익숙하지 않은 집에 처음 가면 전체적인 느낌이나 각각의 어우러짐을 전혀 알 수가 없다. 그 상황에서는 사물에 대한 개념 형성이 완전하지 않다. 그저 따로따로 떨어지고 분리된 사물에 대한 느낌이 모여 있을 뿐이다. 하지만 내 정신은 연상, 감각, 이론이 풍부해서 그것들로 집을 짓는다. 그 과정은 솔로몬 신전 건축과 비슷하다고나 할까. 솔로몬 신전은 돌을 쌓아올릴 때 톱 소리도, 망치 소리도, 다른 어떤 도구의 소리도 나지 않았다. 혼돈에서 실체를 빚어내는 것은 바로 소리 없는 일꾼인 상상력이다.

상상력이 없다면 나의 세계는 얼마나 보잘것없을까! 내 정원은 그저 온갖 모양과 냄새를 지닌 식물들이 뿌리 내린 소리 없는 땅뙈기에 불과할 것이다. 하지만 나의 정신이 정원의 아름다움에 눈을 뜨면 발밑의 삭막한 땅에 볕이 들어 산울타리 나무에서 잎이 돋아나고 장미나무에서 사방으로 향기가 퍼져 나간다. 나는 새 잎이 돋아나는 나무의 생김새를 알고, 짝짓기 하는 새들의 사랑의 기쁨도 안다. 이것이 바로 상상력의 기적이다.

손가락을 통한 상상력이 뻗어나가 조각상에 구현된 예술가의 상상력과 만나면 이 기적은 두 배가 된다. 생명의 온기가 있고 표정이 풍부한 친구의 얼굴과 비교할 때 대리석은 차갑고 맥박도 없고 아무 반응도 없지만 내 손에는 아름답기만 하다. 대리석을 흐르는 굴곡에서 느끼는 즐거움은 실질적이다. 대리

「날개 달린 승리의 여신」 상을 만지고 있는 헬렌 켈러. 1900년.

석은 다만 숨 쉬고 있지 않을 뿐이다. 상상 속에서 대리석은 파르르 떨며 아주 훌륭하고 이상적인 실체로 바뀐다. 상상력으로 모든 직선과 곡선에 감정을 불어넣으면, 내 손에 닿는 조각상은 정말로 여신이 되어 숨 쉬고 움직이며 매력을 발산한다.

그런데 사실 유명한 걸작이라 해도 어떤 조각상에서는 그런 즐거움을 느낄 수 없다. 「날개 달린 승리의 여신」(일명 '사모트라케의 니케', 헬레니즘 시대의 대리석 조각상)을 처음 만졌을 때 나는 꿈속에서 나에게 곧장 날아들어 잠을 설치게 만들 머리도 팔다리도 없는 형상이 떠올랐다. 게다가 여신상의 옷은 뒤로 뻣뻣하게 튀어나와 있다. 나는 바람 속에 휘날리고 펄럭이고 접히고 펼쳐지는 옷일 거라 생각했는데 기대와 달랐다. 하지만 상상력이 이런 불완전함을 메워준다. 그러면 금세 여신상은 바닷바람에 옷자락을 휘날리며 날개로 승리를 찬양하는 강력하고 사기충천한 인물로 바뀐다.

나는 아름다운 조각상에서 육체적 형상의 극치, 즉 균형과 완전성이라는 특성을 발견한다. 온갖 시적 인유(引喩)를 이끌어낼 수 있는 미네르바(아테나, 지혜의 여신) 상에서는 대체로 육체적 희열을 느낀다. 그리고 나는 바쿠스(디오니소스, 술의 신) 상과 아폴로(아폴론, 예언과 가축의 신) 상의 풍성하고 물결치는 머리카락을 좋아하고, 이교도의 축일을 연상시키는 담쟁이덩굴 화환(바쿠스가 쓴 화환) 조각도 좋아한다.

이렇듯 상상력은 내 손이 겪는 경험을 완성한다. 그리고 내 손은 다른 사람의 현명함을 배워서, 상상력의 안내를 따라 미지의 길로 나를 안전하게 인도하고 내 앞의 어둠을 밝히며 굽은 길을 곧게 펴준다.

타인의 손

손이 지닌 미덕과 유용성은 나에게 너무나 소중하다. 왜냐하면 항상 손에 의지해 도움을 받고 즐거움을 얻기 때문이다. 나는 기쁨에 넘치는 힘찬 목소리로 "내가 주(主)의 법도를 선택했으니, 주의 손으로 나를 도와주시기 바랍니다. 주여, 내가 주의 구원을 갈망합니다."[6]라고 노래한 「시편」 작가의 심정을 충분히 이해한다. 인간의 손에도 초월적인 뭔가가 존재한다. 멀리서 사랑하는 사람과 눈길만 마주쳐도 가슴이 설렌다는 말이 있다. 하지만 사랑하는 사람의 손길을 느끼는 데에는 거리가 문제되지 않는다. 심지어 내가 받는 편지들도 이러하다.

정성 어린 글자들이여, 오랜 고심의 흔적이 엿보이나니,

거기서 우리는 꾹꾹 눌러쓴 손길을 느끼누나.[7]

사람 손의 차이점을 관찰하는 것은 흥미롭다. 사람 손에는 온갖 종류의 생명력, 에너지, 평온, 진심이 담겨 있다. 나는 로렌스 허턴(1843~1904, 미국의 수필가 겸 골동품 수집가)의 수집품 가운데 차가운 석고상들을 접하고 나서 우리의 손이 얼마나 생기 넘치는지 알게 됐다. 내가 알기로 살아 있는 손은 혈관에 혈액이 가득하고, 탄력이 있어 기운차다. 허턴의 손도 생기 없고 무감각한 석고상과는 얼마나 다른가! 내가 보기에 석고상에는 우리 손에서 느껴지는 그런 면이 없다. 허턴의 수집품 가운데 많은 석고상에서, 심지어 나의 석고상에서도, 나는 어떤 생기도 느끼지 못했다.

그런데 잊을 수 없는 정다운 손이 있다. 내 손가락에 그 기억이 남아 있다. 필립 브룩스(1835~1893, 미국) 주교의 커다란 손은 유력 인사의 호쾌함과 푸근함으로 가득하다. 누구든 듣지도 보지도 못하더라도 일단 조지프 제퍼슨(1829~1905, 미국의 배우)의 손을 잡아보고 나면 그의 손에서 그의 얼굴이 보이고 여느 사람과 다른 상냥한 목소리도 들릴 것이다. 마크 트웨인(1835~1910, 미국의 작가)의 손에는 기발한 표현과 재치 있는 유머가 가득하다. 그의 손을 잡고 있으면 그의 해학에 공감하고 동조하게 된다.

마크 트웨인(오른쪽)과 헬렌 켈러. 1902년.

내가 친구들의 손에 대해 적을 때 사람들은 내가 그냥 '묘사하지' 않고 내가 아는 그들의 인간적 특성을 손에서 추상적인 말로 읽어낸다고들 한다. 거기에는 내가 자신의 느낌을 솔직하게 표현하지 않는다는 비판이 담겨 있다. 그렇다면 내가 읽은 정상인의 저술에서는 얼굴의 실제 모습을 어떻게 묘사하고 있을까? 나는 얼굴이 세 보인다, 부드러워 보인다, 끈덕져 보인다, 지적이다, 잘생겼다, 깜찍하다, 귀티 난다, 예쁘다라는 표현들을 읽었다. 그렇다면 정상인이 눈에 보이는 것들을 묘사할 때 사용하는 이런 말들을 내 느낌을 묘사하는 데 사용할 권리가 내게는 없는 것일까? 이런 말들은 내가 손으로 느끼는 것들도 그대로 표현한다. 물론 나는 외모의 특징을 거의 알아보지 못한다. 손가락이 짧은지 긴지, 피부가 촉촉한지 건조한지도 기억하지 못한다.

하지만 정상인도 의식적 노력 없이는 상세한 인상을 기억하지 못한다. 심지어 여러 번 본 적이 있더라도 말이다. 설령 얼굴 특징을 기억해서 눈동자가 파랗고 턱이 뾰족하고 콧대가 낮고 보조개가 있다고 말한다 하더라도 내 생각에는 사람의 인상을 제대로 전달하지 못한다. 심지어 장난기, 진지함, 슬픔, 평상심처럼 얼굴에 드러나는 주요 심리 특성을 단번에 읽어내 전달할 때만큼도 못한다.

내가 만약 손으로 느끼는 바를 정상인의 표현만으로 묘사한다면 정상인은 자신의 상세한 인상 묘사를 알아듣는 시각장애인만큼도 내 설명을 알아듣지 못할 것이다. 시각장애인이 시력을 회복하면 촉각에 친숙했던 흔한 사물과 사랑스런 얼굴조차 알아보지 못한다는 사실을 주목할 필요가 있다. 따라서 촉각이 발달되지 않은 정상인은 꽉 쥐어보는 것만으로는 손을 알아보지 못한다. 내가 친숙한 손을 어떻게 묘사하더라도 정상인은 전혀 알아보지 못한다. 내가 종종 손가락으로 감싸주어 내 기억 속에 따스하게 남아 있는 그 손을.

내가 어떤 부류의 손이든 모두 묘사할 수 있는 것은 아니다. 손은 평등하지 않다. 어떤 손은 시끌벅적하게 모든 일을 다 한다고 말한다. 어떤 손은 안절부절못하고 경솔해서 손가락마저 신경질적이고 까다롭다. 그래서 일상의 사소한 일에도 예민하게 구는 본색을 드러낸다. 이따금 나는 뉴스거리도 아닌 소식을 수다스럽게 떠벌리는 사람의 손에서 상냥함과 지루함을 미리 읽어내기도 한다. 나는 손에 유머 감각이 넘치는 주교, 손이 납처럼 무거운 희극 배우, 손에 겁이 가득하지만 잘난 체하며 무용담을 늘어놓는 사람, 강철 주먹을 지녔으나 점잖고 겸손한 사람을 만나 보았다.

어릴 때, 앞을 볼 수 없고 몸도 마비된 여성을 만나러 간 적이 있다. 그녀가 작고 떨리는 손을 뻗어 나와 교감을 나눈 그때를 잊을 수가 없다. 그녀를 생각하면 내 눈에 눈물이 그렁그렁해진다. 그녀의 야위고 쇠약하고 더듬거리면서도 애정 어린 손에서 느껴지는 거라곤 기진맥진, 고통, 암울, 굉장한 인내가 전부였다.

내가 생각하기에, 나를 모르는 사람들은 다른 누군가와 입으로 대화하는 친구의 기분을 내가 어느 정도 이해하는지 모른다. 내 손은 친구의 기분을 탐색한다. 나는 친구의 손, 팔, 얼굴을 만진다. 그러면 내게는 생소한 재미있는 농담에 친구가 포복절도하는 때와, 친구가 열변을 토하는 때를 짚어낼 수 있다. 친구들 중에 다소 다혈질인 친구가 하나 있는데, 나는 그의 손에서 논쟁의 기운을 정확히 예견할 수 있다. 곧 누군가와 논쟁을 벌일 것임을 그의 성마른 손동작에서 읽어내는 것이다.

또 나는 친구가 갑자기 뭔가를 기억해내거나 머릿속에 새로운 착상을 번쩍 떠올린 것도 알아챈다. 친구의 손에서 슬픔을 느낄 때도 있다. 묵직한 어둠이 긴 외투처럼 걸쳐진 친구의 영혼이 느껴진다. 그런가 하면 주관이 아주 뚜렷한 친구의 손에서는 자신감과 단호함이 느껴진다. 자신의 말 마디마디를 강조하고 힘주어 말하는 사람은 내 주변에 그 친구밖에 없다. 그 친구는 내가 그의 입술을 읽을 때처럼 자신의 말을 강조하고 힘주어 말한다. 나는 내 손바닥에 자기 생각을 꾹꾹 눌러쓰는 차분한 사람들의 단조로운 손가락 동작보다는 이런 사람의 변화무쌍한 강조가 더 좋다.

대통령 부인 엘리너 루스벨트 여사(왼쪽)와 손을 잡고 있는 헬렌 켈러. 1955년.

어떤 이의 손은 다른 이의 손을 꽉 잡을 때 좋아서 어쩔 줄 모르며 흥분한다. 그런 손은 떨리면서도 박력 있다. 어떤 낯선 이는 이산가족이었던 누이나 자매를 만난 것처럼 내 손을 꽉 쥐기도 한다. 그리고 내가 해라도 끼칠까 봐 무서워하며 악수 하는 사람들도 있다. 그런 사람들은 상대의 손과 겨우 닿을 만 큼 예의상 손끝만 내밀었다가 일단 닿고 나면 손을 거둬버린 다. 그러면 상대는 속으로 다시는 '용기가 겨울잠쥐(『이상한 나라 의 엘리스』에 나오는 소심한 잠꾸러기 쥐)'만 한 그자와 손잡을 일 없 기를 바란다. 그런 사람의 손에서는 새침데기와 무뢰한의 특징 이 느껴지며 종종 의심증도 엿보인다. 도량이 넓고 다정한 성 품을 지닌 사람들의 손과는 정반대이다.

어떤 사람과는 악수를 하면 사고와 갑작스런 죽음이 떠오른 다. 이런 불길한 손과 대조적으로 간호사의 손은 민첩하고 능 숙하면서도 차분하다. 나의 선생님을 성심껏 보살펴준 간호사 의 손은 내 기억 속에 따스하게 남아 있다. 실도 잣지 않고 험 한 일도 하지 않는 몇몇 부자들의 곱지 않은 손을 잡아본 적도 있다. 그 부드럽고 매끈하고 통통한 손 안에 조악한 품성이 어 찌나 득실거리던지!

한결같은 솜씨, 자애로운 심성, 자신감 있는 동작에 있어 의 사의 손에 견줄 손은 단연코 없다. 존 러스킨이 외과 의사의 확 신에 찬 손놀림에서 화가가 배울 만한 탁월한 제어력과 정교함

뉴욕 항에서 열두 살 소년 도널드 하트를 안고 손을 만지고 있는 헬렌 켈러. 1956년.

을 발견해낸 것은 놀랄 일도 아니다. 만약 그 의사가 훌륭한 품성을 지닌 사람이라면 자신의 손길로 영혼도 치유할 수 있을 것이다. 심신의 안녕을 가져다주는 이 마법의 손길은 아플 때나 건강할 때나 항상 우리의 의사였던 나의 절친한 친구의 손에서도 발휘됐었다. 그의 밝고 진실한 영혼은 약이 필요하든 필요하지 않든 환자에게 효험이 있었다.

아름다운 얼굴이 많듯 아름다운 손도 많다. 촉각에는 놀라운 면들이 있다. 개성이 강하고 예민한 사람들의 손은 너무나 감각이 풍부하다. 그들의 손끝은 스치기만 해도 생각의 많은 미묘한 차이들을 드러낸다. 이따금 곱고 우아하고 손목이 나긋나긋한 손을 만지기도 한다. 그런 손은 아주 세련된 사람들의 필적에서나 봄 직한 아름답고 기품 있는 필체를 구사한다. 나는 귀여운 꼬마 아이들이 내 손에 글씨 쓰는 모습을 남들에게 보여주고 싶다. 아이들은 인간 들꽃이고, 그들의 움직이는 손가락은 말하는 들꽃이다.

이 모든 것이 나의 개인적 수상학(手像學)이다. 나는 누군가의 운세를 감지할 때 신비주의적 직관이나 집시의 마법을 사용하지 않고 손에 아로새겨진 특성을 있는 그대로 구체적으로 인식한다. 손은 얼굴만큼이나 알아보기 쉬울 뿐만 아니라 은연중에 얼굴보다 더 많은 비밀을 드러내보인다. 사람들은 표정을 관리하지만 손은 그런 관리를 받지 않는다. 마음이 가라앉아

풀이 죽으면 손은 힘이 빠지고 생기가 없어진다. 흥분하거나 기뻐하면 손 근육이 바짝 긴장한다. 손에는 변하지 않는 특성들이 항상 드러나 있다.

인류의 손

『센추리 사전』(1889~1891년 미국 출판사 센추리 컴퍼니에서 6권으로 출간된 백과사전)을 들여다보라. 시각장애인이라면 선생님에게 대신 찾아봐달라고 부탁하라. 그러면 손과 관련된 관용구가 얼마나 많은지 알 수 있다. 또 라틴어 어원 마누스(*manus*)에서 파생된 단어가 얼마나 많은지도 알 수 있다. 그 단어 수는 삶에 관한 모든 기본적인 것들을 지칭할 수 있을 만큼 많다. 많은 인용문과 복합어가 들어 있는 "Hand(손)" 항목은 이 사전에서 여덟 쪽이나 차지하고 있다. 손은 "이해의 기관"으로 정의되어 있다. 단어 "apprehend(이해하다)"가 지닌 두 가지 의미는 정말 내 경우에 딱 들어맞는 정의이다! 나는 육체적, 지적, 정신적 세계에서 발견하는 모든 것들을 손으로 '쥐어서' '이해한

다.'

인간이 세계를 손이라는 말로 어떻게 표현했는지 생각해보라. 모든 사람은 한편(on one hand)과 맞은편 사이에서 갈라선다. 기술로 만들어낸 생산품은 제품(manufacture)이다. 일을 이끄는 것은 경영(management)이다. 역사는 군대들이 수행한 작전행동(manoeuvre)의 기록으로 보일 수도 있다. 슬프다, 역사가 전쟁의 연대기라니! 그런가 하면 평화의 역사, 즉 들판, 숲, 포도밭에서의 노동에 관한 이야기도 자랑스러운 행적 기록(manual)에 남아 있다. 그것은 곧 황무지를 일군 손의 행적이다. 노동자는 일꾼(hand)으로 불리기도 한다. 속박(manacle)과 해방(manumission)이라는 말에는 노예와 자유에 관한 이야기가 담겨 있다.

부수적인 관용구는 무수히 많다. 하지만 "그만!(Hands off!)"이라는 말은 듣지 않게 너무 많은 관용구를 나열하지는 않겠다. 다만 말장난 삼아 몇 가지 관용구만 적어보려 한다. 최초로 습득한 것이 아니면 그것은 간접적(second hand)이다. 사람들은 나의 지식이 간접적이라고 말한다. 그래도 나에게 호의적인 친구들은 내 편을 들어 준다. 그들은 나에게도 진정 나만의 것인 고유한 직접적(first hand) 지식이 있다고 할 뿐만 아니라, 나에게 불가사의한 육감(第六感)이 있다고도 한다. 그들은 내가 유능한 오른손으로 습득하고 발견하는 모든 것은 기적이자 하늘이 내린 보상이라고 말한다. 그리고 나의 왼손에 대해서도 그렇게들 말한다. 왜냐하면 나는 왼손으로 글을 읽고, 왼손도 오른손만큼 성실하고 칭찬받을 만하기 때문이다.

그런데 인간 능력의 절반, 즉 오른손이 이뤄낸 발전 때문에 왼손이 무시당했지 않은가? 하지만 문명의 정점에 다다르면 우리 모두는 양손잡이가 되지 않을까? 그래서 우리가 어려움에 맞서 백병전(hand to hand contest)을 치르게 되면 두 배로 승리할 수 있지 않을까? 그런데 그런 일이 내게 일어나고 있다. 선생님이 나의 개화되지 않은 정신을 가르칠 때 어둠의 힘에 맞선 선생님의 고군분투는 두 가지 면에서 백병전이었다. 선생님은 훈련이라는 튼튼한 팔과 수화 알파벳이라는 빛을 이용해 싸웠다.

완성도 있는 글들은 한결같이 셰익스피어를 인용하고 있는 듯하다. 젊은 시절의 기백에 나만의 것이라 생각했던 표현들조차 나보다 앞서 셰익스피어가 이미 사용했다. 그가 쓴 거의 모든 희곡에 손이 일역을 담당하는 장면이 등장한다. 맥베스 부인이 "어떤 아라비아 향수로도 이 작은 손에서 나는 피 냄새를 없앨 수 없단 말인가!"라고 독백하는 장면은 『맥베스』에서 가장 비참한 순간이다.

(『안토니우스와 클레오파트라』에서 로마의 명장) 마르쿠스 안토니우스는 자신의 가장 용맹한 병사 스카루스를 치하하려고, (자기 연

인이자 이집트 여왕인) 클레오파트라에게 스카루스가 그녀의 손에 입맞춤할 수 있도록 요청한다.

"이 사람의 입술이 그대의 은혜로운 손에 닿을 수 있도록 허락해 주시오."(4막 8장)

그런데 다른 장면에서 안토니우스는 자신이 경멸하는 티디아스가 클레오파트라 여왕의 손에 입맞춤했다고 분노를 보인다.

"나의 벗인 '그대의 손'을 내맡기다니! 왕의 옥새(玉璽)이자 고귀한 정신을 맹세하는 손을!"(3막 13장)

죽어가는 안토니우스가 클레오파트라의 안위를 걱정하며 카이사르의 측근 가운데 프로쿨레이우스 외에는 믿지 말라고 하자, 클레오파트라는 자결을 예고하는 이런 말을 한다.

"내가 믿을 것은 나의 결단과 나의 손뿐이에요."(4막 15장)

(『율리우스 카이사르』에서) 세르빌리우스 카스카는 카이사르를 칼로 찌르면서 본능적으로 외친다.

"손이여, 나의 말을 대신해 다오!"(3막 1장)

(『리어 왕』에서) 눈먼 글로스터 백작은 리어 왕에게 간청한다.

"오, 그 손에 입맞춤하게 해주소서."

그러자 파탄에 이른 늙은 왕이 대답한다.

"우선 손을 닦아야겠다. 송장 냄새가 나니까."(4막 6장)

슬픔을 담은 이 한마디가 얼마나 감동적인가! 이 대목에서

◁ 앤 설리번(왼쪽)의 손을 잡고 있는 헬렌 켈러. 1910년대 초.

우리는 리어 왕이 겪은 무시무시한 고통을 통감할 수 있고, 인간의 배은망덕과 잔인함은 왕도 막지 못한다는 사실을 깨닫게 된다!

글로스터 백작은 아들을 그리워하며 이렇게 고뇌한다.

"살아서 너를 만나 손으로 만져볼 수만이라도 있다면 나는 다시 앞을 볼 수 있는 거나 다름없다고 말하련만."(4막 1장)

그의 비통함이 내 마음에도 그대로 와닿는다.

『햄릿』에서는 (햄릿 아버지의) 유령이 나타나 억울함을 토로하는데, 이것은 나중에 비극을 초래한다.

그렇게 나는 잠자고 있다가 동생의 손에
목숨과 왕관과 왕비를 한꺼번에 빼앗기고 말았다.(1막 5장)

『오셀로』에서 그 대목을 읽으면 숨이 멎을 것 같다! 신랄한 이중적 의미로 가득한 그 대목! (아내 데스데모나의 부정을 의심하는 오셀로는 그녀의 촉촉한 손에 대해 칭찬하는 듯한 말을 한다.) 오셀로가 데스데모나의 손에 대해 말하는 불길한 대사에는 의심이 배어 있다. 하지만 그녀는 오셀로의 말을 곧이곧대로 받아들여 순진하게 대답한다.

"제 마음을 드린 건 바로 이 손이니까요."(3막 4장)

셰익스피어의 희곡에서 손에 관한 주요 대목들이 모두 비극적인 것은 아니다. 『로미오와 줄리엣』에 등장하는 경쾌한 언어 유희를 떠올려보라. 현란하게 흘러가는 대사 속에 손에 관한 멋진 소네트(14행의 짧은 서양 시가)가 엮여 있다. 손에 대해 연인들만큼 잘 아는 이가 또 있을까?

손은 성서에도 거의 장(章)마다 등장한다. 「출애굽기」를 손에 대한 이야기로 다시 쓸 수 있을 정도이다. 모든 일은 주(主)와 모세의 손을 통해 이뤄진다. 유대인에 대한 억압은 다음과 같이 전한다.

"파라오의 손이 유대인들을 억압했다."[8]

유대인들이 이집트 땅을 떠나는 장면은 이렇게 생생하게 표현된다.

"내가 손을 들어 이집트를 치고, 그들 가운데서 이스라엘 자손을 이끌어낼 때에야 비로소,"[9]

모세가 팔을 뻗어 바다 위에 손을 드리우자 홍해가 갈라져 바닷물이 양 옆으로 물러섰다. 주는 분노에 찬 손을 들어 수많은 적을 쳐부수었다. 인류의 역사와 마찬가지로 이스라엘 역사의 모든 명령과 법령을 승인한 것도 손이다. 맹세하고, 축복하고, 저주하고, 때리고, 합의하고, 결혼하고, 건축하고, 파괴하는 중대한 순간에도 손이 사용되지 않는가!

제사장이 제물의 머리 위에 손을 올려놓지 않으면 어떤 제물도 효과가 없다고 여기는 제례에서는 손이 신성시된다. 유대인 회중(會衆)은 사형을 내릴 자의 머리 위에 손을 올려놓는다. 그들의 손이 내리는 무언의 사형 선고가 사형수에게는 얼마나 무섭겠는가! 모세는 시내(시나이) 산에 제단을 쌓을 때 어떤 도구도 사용하지 말고 손만 사용하라는 명령을 받는다.

주에게는 땅, 바다, 하늘, 인간, 그리고 모든 하등 동물이 신성하다. 자신의 손으로 창조했기 때문이다. 「시편」 작가는 하늘을 보며 이렇게 읊조린다.

"사람이 무엇이기에 주께서 이렇게까지 생각해주시며, 사람의 아들이 무엇이기에 주께서 이렇게까지 돌봐주십니까? 주께서는 사람을 하느님보다 조금 못하게 지으시고, 그에게 영광과 존귀의 왕관을 씌워 주셨습니다. 사람에게 주의 손으로 지으신 세상 만물을 다스리게 하시고, 모든 것을 사람의 발아래에 두셨습니다."[10]

말로 하는 기도에는 언제나 간청하는 손동작이 따르고, 순수한 마음은 깨끗한 손에 담긴다.

예수는 손으로 위로하고 축복하고, 치유하고, 많은 기적을 행했다. 그가 손으로 시각장애인의 눈을 만지면 그 눈이 뜨였다. 슬픔에 빠진 회당장(會堂長) 야이로가 찾아오자 예수는 그의 딸에게 가서 손을 잡았고, 딸은 죽음의 잠에서 깨어나 아버지의 품으로 돌아왔다. 또한 예수가 허리 굽은 여인의 병을 고친 일도 빼놓을 수 없다. 예수는 그녀에게 말했다.

"여인이여, 그대는 병에서 풀려났소."[11]

예수는 그녀에게 손을 얹었다. 그러자 여인은 곧 허리를 폈고, 그 영광을 신에게 돌렸다.

어디를 보든, 일하고 건설하고 발명하고 문명을 개척해 미개함에서 벗어나온 시간과 역사 속에 손이 등장한다. 손은 힘과 업적을 상징한다. 자연력을 이용하는 기술자의 손, 즉 도끼로 찍고 톱으로 켜고 칼로 자르고 건축하는 손은, 들꽃을 그리거나 그리스 항아리를 만드는 섬세한 손 또는 법을 만드는 정치가의 손과 마찬가지로 세상을 이롭게 한다. 눈이 손에 대고 "나는 네가 필요하지 않아."라고 말할 수는 없다.

손에 축복이 내리기를! 일하는 손에 크나큰 축복이 내리기를!

촉각의 힘

몇 달 전 「시각장애인을 위한 마틸다 지글러 매거진」(1907년 윌리엄 지글러가 뉴욕에서 창간한 무료 잡지)의 발간을 알리는 신문 기사에 다음과 같은 내용이 있었다.

"시각과 관련 있는 많은 시와 이야기는 빠져야 한다. 달빛, 무지개, 별빛, 구름, 아름다운 풍광에 대한 언급은 실리지 않아야 한다. 그로 인해 시각장애인의 고통이 커질 수 있기 때문이다."

이것을 바꿔 말하면, 가난한 사람은 아름다운 저택과 정원에 대해 이야기해서는 안 된다. 실제로 가서 땅을 밟아볼 수 없는 사람은 파리나 서인도제도에 대한 글을 읽어서는 안 된다. 천국에 가볼 수 없는 사람은 천국을 꿈꿔서는 안 된다.

그러나 모험 정신에 사로잡힌 나는 유추와 상상으로만 뜻을 짐작할 수 있는 시각적 단어와 청각적 단어를 즐겨 사용한다. 내 일상 속 즐거움과 유희의 절반은 이런 모험적인 놀이다. 나는 눈으로만 느낄 수 있는 장관에 대해 읽으면 가슴이 벅차오른다. 달빛과 구름에 관한 언급을 읽는다고 내 고통이 커지지 않는다. 오히려 내 영혼이 제한된 현실의 고통을 뛰어넘는다.

비평가들은 장애인들이 할 수 없는 것에 대해 말하기를 좋아한다. 그들은 으레 볼 수 없고 들을 수 없는 이들은 시각적, 청각적 즐거움을 전혀 누리지 못한다고 생각한다. 그래서 장애인들은 아름다움, 하늘, 산, 새 노랫소리, 색에 대해 이야기할 정신적 권리가 없다고 주장한다. 그들은 장애인들이 촉각으로 느끼는 명백한 감각들이, 마치 친구가 들려주는 햇빛의 느낌처럼 '대리적(代理的)'이라고 주장한다! 그들은 자신들은 느껴본 적 없고 장애인들은 느끼는 것들을 지레짐작으로 부정한다. 의심이 지나친 몇몇 사람들은 한 발 더 나아가 내 존재를 부정하기도 한다. 그래서 나는 내 존재를 인식하려고 르네 데카르트(1596~1650, 프랑스의 철학자)의 방법론을 이용한다.

"나는 생각한다. 고로 존재한다."

이것으로 나의 존재는 형이상적으로 입증되므로, 나의 비존재(非存在)를 입증하는 것은 나의 존재를 의심하는 자들의 몫이 된다. 게다가 우리가 정신에 대해 아는 것이 거의 없음을 감안한다면, 누구든 자기가 알 수 있는 것과 알 수 없는 것을 지레짐작으로 정의할 수밖에 없다는 사실이 별스럽지도 않다. 나는 눈에 보이는 세상에 내가 상상해 본 적 없는 놀라운 것들이 무수히 많다는 것을 인정한다. 마찬가지다, 자신만만한 비평가여! 나는 느끼지만 그대는 꿈도 꾸지 못하는 감각들이 수없이 많다네.

필요하기 때문에 눈에는 시력이라는 귀중한 능력이 있고, 역시 필요하기 때문에 온몸에는 촉각이라는 귀중한 능력이 있다. 때로는 내 육신 자체가 날마다 새로워지는 세상을 마음대로 바라보는 수많은 눈처럼 느껴진다. 남들은 내가 침묵과 어둠 속에 갇혀 있다고 한다. 하지만 나는 침묵과 어둠 덕분에 즐거움을 얻고, 지식을 얻고, 깨달음을 얻고, 웃음을 얻는 수많은 감각들을 마음껏 느낄 수 있다. 촉각, 후각, 미각이라는 믿음직한 세 길잡이 덕분에 나는 빛의 도시에서나 보이는 경험의 경계지대를 수없이 여행할 수 있다.

몸은 인간의 모든 필요에 적응한다. 눈이 불구가 되어 낮의 아름다운 모습을 볼 수 없으면 촉각의 민감도와 식별력이 향상된다. 몸은 훈련을 통해 나머지 감각들을 강화하고 확장한다. 그래서 대개 시각장애인은 정상인보다 더 잘 듣고 더 정확하게 듣는다. 후각은 복잡하고 헷갈리는 사물을 파악하는 데 새로운 능력으로 부상한다. 이렇게 불변의 원리를 따라 감각들은 서로

행복해지는 가장 간단한 방법

돕고 서로를 강화한다.

　나는 시각장애인이 손으로 감지하는 것과 정상인이 눈으로 보는 것 중 어느 쪽이 뛰어난지 말할 수 없다. 하지만 내가 손으로 감지하는 세상이 살아 있고, 건강하고, 만족스럽다는 것은 안다. 촉각을 통해 시각장애인들은 정상인이 느끼지 못하는 많은 정확한 특징을 감지할 수 있다. 왜냐하면 정상인은 촉각이 시각장애인만큼 발달되어 있지 않기 때문이다. 게다가 정상인은 손을 주머니에 넣은 채 사물을 보기도 한다. 이것은 분명 정상인의 지식이 종종 모호하고, 부정확하고, 쓸모없는 이유에 해당한다. 뿐만 아니라 손이 닿을 수 없는 현상에 대한 우리의 지식도 같은 이유로 불완전할 수 있다. 그래도 아무튼 우리는 상상이라는 황금빛 안개를 통해 그 현상을 바라본다.

　하지만 우리가 만질 수 있는 것은 막연하지도 불확실하지도 않다. 나는 촉각을 통해 친구의 얼굴, 수없이 다양한 직선과 곡선, 온갖 사물의 표면, 토양의 비옥도, 꽃의 섬세한 모양, 나무의 우아한 자태, 바람의 세기를 알아본다. 사물, 표면, 대기 변화 외에 무수한 진동도 감지한다. 집 안 구석구석에서 느껴지는 삐걱거림과 덜컥거림을 통해 일상사에 관해 많은 것을 알게 된다.

　내가 촉각으로 느껴본 바로, 발걸음은 나이, 성별, 걸음새에 따라 다양하다. 아이의 아장걸음과 성인의 발걸음은 전혀 혼동

되지 않는다. 젊은이의 힘차고 거침없는 발걸음은 중년의 묵직하고 점잖은 발걸음과 다르다. 또한 발이 바닥에 끌리거나 절뚝거리며 느리게 또박또박 내딛는 노인의 걸음걸이와도 다르다. 맨바닥을 빠르고 경쾌하게 걷는 소녀와 달리, 나이 든 여성은 점잖이 걷는다. 나는 새 신발을 신은 사람의 삐걱거림과, 부엌에서 빠른 춤을 추는 뚱뚱한 가정부의 달가닥거림에 웃음이 절로 나온다.

어느 날엔가는 한 호텔 식당에서 불협화음을 느끼느라 여념이 없었다. 나는 가만히 앉아서 발로 소리를 느꼈다. 두 명의 웨이터가 왔다 갔다 했지만 걸음걸이가 달랐다. 밴드가 연주를 하고 있었고, 나는 바닥으로 전달되는 음악의 파동을 느낄 수 있었다. 한 웨이터는 밴드의 리듬에 맞춰 우아하고 가볍게 걸었지만, 다른 웨이터는 밴드 음악에 상관없이 자신만의 엇박자에 따라 식탁 사이를 급하게 오갔다. 두 웨이터의 발걸음에서, 짐마차 말과 함께 마차를 끄는 용맹한 군마가 그려졌다.

대개 발걸음에서 보행자의 성격과 기분이 어느 정도 드러난다. 나는 발걸음에서 단호함과 우유부단함, 성급함과 침착함, 부지런함과 게으름, 피로, 부주의, 소심, 분노, 슬픔을 느낀다. 물론 나와 친한 사람들의 기분과 특성을 가장 잘 파악한다.

종종 특정한 삐걱거림과 덜컥거림이 있을 때 사람들의 발걸음이 멈춘다. 그래서 나는 누군가가 무릎을 꿇거나, 발로 걸어

◁ 조각상을 만지고 있는 헬렌 켈러(오른쪽). 1910년대 초.

차거나, 뭔가를 잡아 흔들거나, 주저앉거나, 벌떡 일어서는 때를 알 수 있다. 요컨대 나는 주변 사람들의 활동 폭과 자세 변화를 어느 정도 감지할 수 있다. 방금도 맨발로 토닥토닥거리는 둔탁하고 부드러운 발걸음과 덜컹거림이 느껴졌다. 나의 개가 창밖을 보려고 의자 위에 뛰어오른 것이다. 하지만 나는 녀석이 어디 있는지 확인해야만 한다. 이따금 같은 동작을 느끼고 나서 녀석을 찾아보면 의자 위가 아니라 함부로 소파 위에 올라가 있기 때문이다.

목수가 집 안이나 바로 옆 헛간에서 일할 때면 비스듬하게 위아래로 톱니가 움직여 생기는 진동과 연달아 세게 울리는 충격이 느껴진다. 목수가 톱질과 망치질을 하고 있는 것이다. 내가 아주 가까이 있을 때는 나무 표면을 따라 앞뒤로 움직이는 특정한 진동을 통해 목수가 대패질하는 것도 알 수 있다.

바닥 깔개 위에서 가벼운 팔락거림이 느껴지면 종이가 산들바람에 날려 탁자에서 떨어진 것이다. 또르륵 하는 진동이 느껴지면 연필이 바닥 위를 구른 것이다. 책이 떨어지면 둔탁하게 턱 하는 진동이 느껴진다. 계단 난간을 나무로 톡톡 두드리는 울림은 저녁 준비가 됐다는 신호이다. 이런 많은 진동이 집 밖에서는 느껴지지 않는다. 풀밭이나 길 위에서는 뭔가가 달리고 구르고, 바퀴가 덜커덕거리는 것밖에 느낄 수 없다.

나는 상대방의 입술과 목에 손을 얹어 많은 특별한 떨림에

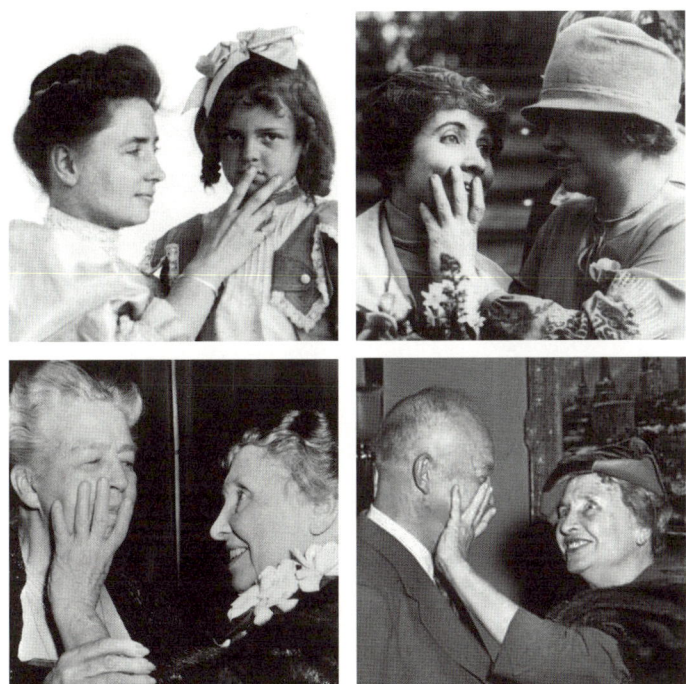

왼쪽 위부터 시계 방향으로 헬렌 켈러가 얼굴을 만지고 있는 사람은 각각 어느 여자아이 (1907년), 대통령 부인 쿨리지 여사(1912년), 드와이트 데이비드 아이젠하워 대통령 (1953년), 전(前) 대통령 부인 엘리너 루스벨트 여사(1955년).

담긴 의미를 읽어내기도 한다. 소년의 깔깔거리는 웃음, 남자의 '헉!' 하는 놀람, 괴롭거나 곤혹스러워 '에헴!' 하는 헛기침, 고통스러운 신음, 비명, 속삭임, 신경질적 소리, 흐느낌, 목멤, 헐떡임을 알 수 있다.

말 못하는 동물이 내는 소리에서도 많은 것을 알 수 있다. 고양이는 가르랑거리거나 야옹야옹 하고 우는데, 성나면 팩 토라지며 캬 하고 쏘아붙이기도 한다. 개는 경계하거나 기쁘고 반가울 때 멍멍 하고 짖는데, 위기에 처하면 깨갱거리고 만족스러우면 콧소리를 낸다. 소는 음매 하고 울고, 원숭이는 끽끽거리고, 말은 푸르르 콧방귀를 뀐다. 사자는 으르렁거리고, 호랑이는 무섭게 어흥 한다. 이 글을 읽을지 모를 비평가와 의심가를 위해 덧붙이자면, 나는 이 모든 소리를 손으로 느낀다. 어릴 적부터 지금까지 나는 기회가 닿을 때마다 동물원과 서커스단의 동물을 만나러 갔고 호랑이를 제외한 모든 동물과 손으로 대화를 나눴다. 호랑이는 박물관에서밖에 만져보지 못했다. 그곳에 있는 호랑이는 양처럼 온순하다. 그래도 손을 우리 창살에 대고 호랑이의 말을 들어보긴 했다. 사자는 몇 마리를 직접 만져봤는데, 암벽에서 떨어지는 폭포처럼 장엄한 으르렁거림이 느껴졌다.

계속하자면, 나는 주전자 속으로 액체가 떨어지는 소리 '퐁당'을 안다. 그래서 우유를 흘리면 모르는 척 할 수가 없다. 또

행복해지는 가장 간단한 방법

나는 코르크 마개 뽑는 '퐁' 소리, 불꽃의 '바지직 탁탁' 소리,
시계의 '똑딱' 소리, 풍차의 금속성 진동, 힘들게 펌프질 하는
소리, 호스에서 뭔가가 뿜어져 나오는 소리, 산들바람에 문과
창문이 흔들려 들리는 혼동하기 쉬운 '똑똑' 소리, 그리고 가늠
할 수 있는 다른 많은 진동에도 익숙하다.

　피부의 촉각으로 느끼지 못하는 진동도 있다. 이런 진동은
마치 통증, 열, 냉기처럼 피부, 신경, 뼈 속으로 파고든다. 드럼
소리는 가슴에서 어깨뼈를 지나가면서 진동한다. 기차, 다리,
마모되는 기계에서 들리는 소음은 소리의 원인이 지나가고 나
서도 오랫동안 '바다의 노인'(『아라비안 나이트』에서 신드바드에게 거
머리처럼 달라붙는 노인)처럼 뒤울림이 남는다. 얼마간 촉각으로
진동과 움직임을 함께 느끼면, 나는 가만히 있는데 땅이 멀어
지는 것 같다. 그래서 기차에서 내리면 승강장이 빙글빙글 돌
아 똑바로 걷기가 어렵다.

　내 몸을 이루는 모든 원자가 진동계이다. 그렇다고 내 감각
이 꼭 들어맞는 것은 아니다. 손을 뻗으니 손가락에 털 달린 것
이 닿는다. 그것은 이리저리 날뛰고, 튕기듯 움츠러들기도 하
고, 동물처럼 움직인다. 나는 조심스레 잠시 머뭇거린다. 그러
고 나서 다시 좀더 과감하게 그것을 만져본다. 알고 보니 그것
은 바람에 펄럭이는 모피 코트이다.

　정상인처럼 나에게도 땅은 움직이지 않고 태양이 움직이는

것처럼 느껴진다. 왜냐하면 내 얼굴을 보듬는 오후 햇살이 점점 약해지면서 공기가 선선해지기 때문이다. 이런 느낌을 통해 나는 배를 타고 떠날 때 해안이 멀어지는 광경이 어떠할지 이해한다. 그래서 지평선이 평평해지고 땅과 하늘이 만나는 것처럼 보인다는 말을 들어도 의아해하지 않는다. 나는 내가 가진 감각만으로도 이미 오래전에 인간 감각의 불완전함과 속는 특성을 알아차렸다.

인간의 감각은 속기 쉽다. 뿐만 아니라 우리의 수많은 어법을 보더라도 오감(五感)을 지닌 사람들이 감각의 기능을 따로따로 구분하기 어렵다는 것을 알 수 있다. 나는 '장면이 들린다', '음색이 보인다', '음악을 맛본다'의 어법을 이해한다. '목소리에 색깔이 있다'는 말도 듣는다. 내가 훌륭한 감각으로 여겼던 촉각은 사실 미각이다. '맛'이라는 말의 폭넓은 사용을 보더라도 미각이 모든 감각 중에서 가장 중요해 보인다. 미각은 크고 작은 일상다반사에 널리 이용된다. 그리고 확실히 감각 관련 언어에는 모순된 어법의 말이 넘쳐나서, 집으로 들어가는 대문이 다섯 개인 친구들이라고 해서 (대문이 세 개인) 나보다 월등히 더 편할 리 없다. 그러니 만약 내 감각에 대한 이런 설명이 정확하지 않다면 용서가 안 되겠지?

미세한 진동

앞에서 나는 일상적인 감각에 도움이 되는 수많은 삐걱거림과 덜컥거림에 대해 이야기했다. 그런데 내 감정을 자극하는 보다 고상하고 화려한 진동도 다양하고 풍성하다. 나는 천둥소리의 울림과, 바다가 해변을 덮쳐 파도가 부서지는 진동을 느끼면 경외감이 든다. 그래서 넘실거리는 물결 속에 바다의 온갖 화음을 가뒀다 풀어주는 이 폭넓은 음역의 오르간을 좋아한다. 음악을 눈으로 볼 수 있다면, 나는 오르간 음의 흐름에 따라 음이 오르락내리락 하다가 계속 올라가서 요동친 후 장중했다가 고음으로 몰아치고 나서 이내 부드럽고 고요하게 변하는 각각의 음을 짚어낼 수 있다. 그 음들 사이에 흩뿌려져 흐르는 미세한 진동을 느낄 수 있다. 그러면 감정이 오르간 음악을 따

연주 중인 피아노를 만지고 있는 헬렌 켈러. 1904년.

라 흐르고 흘러 무아지경에 빠져든다.

　다른 악기에서도 촉각의 즐거움을 느낀다. 바이올린은 거장의 능숙한 솜씨를 만나면 아름답게 생동하는 듯하다. 바이올린의 음은 피아노의 음보다 섬세하다.

　악기를 손으로 만질 수 있을 때는 피아노의 음악을 가장 좋아한다. 피아노 덮개 위에 손을 얹으면 작은 떨림, 선율의 반복, 그리고 이어지는 음의 소멸을 느낄 수 있다. 그러면 정상인의 귀에 들리는 소리가 어떤 식으로 잠잠해져서 소멸되는지 알 수 있다.

　오 들어라, 들어보라! 가늘고 분명한 소리는
　멀어 가며 더욱더 가늘고 또렷한 소리!
　오 벼랑 끝 저 멀리서 애틋하게 들리는
　요정 나라의 뿔피리, 그 가녀린 소리!¹²

　나는 음악의 주된 심상과 분위기를 느낄 수 있다. 건반 위로 넘실거리는 음악에서 경쾌한 무곡(舞曲), 느린 만가(輓歌), 환상곡(幻想曲)을 알아듣는다. 「발퀴레」(바그너의 4부작 오페라 『니벨룽겐의 반지』 중 2부)에서 천둥같이 중후한 선율이 흐르는 가운데 격정적인 음의 노래가 울려퍼지면 전율이 느껴진다. 이 대목에서 보탄(게르만 신화에서 신들의 왕)은 잠자는 브룬힐트(보탄의 딸)를 지켜줄 무시무시한 불을 피운다. 위대한 작곡가가 손으로 노래하는 곡이 이 얼마나 훌륭한가!

나는 한 악곡을 다른 악곡과 제대로 구별해낸 적이 없다. 그래도 그것이 가능하다고는 생각한다. 하지만 악곡을 구별하려면 너무나 집중하고 긴장해야 하기 때문에 그런 수고만큼 즐거움도 느낄 수 있을지 의문이다.

또한 나는 노래 곡조도 쉽게 구별하지 못한다. 하지만 다른 사람의 목과 뺨에 손을 대서 목소리의 변화를 즐긴다. 나는 목소리가 낮은지 높은지, 선명한지 모호한지, 슬픈지 즐거운지 안다. 노인 목소리의 가늘고 떨리는 느낌과 젊은이 목소리의 느낌을 구별할 수도 있다. 남부 사람의 느릿느릿한 말투는 북부 사람의 콧소리와 매우 다르다. 간혹 목소리의 변화가 너무 매력적일 때는 비록 내가 말을 이해하지 못하더라도 내 손가락은 더없이 즐거워 파르르 떨린다.

한편, 나는 삐걱거리는 소리, 긁는 소리, 녹슨 자물쇠의 뻑뻑대는 소리처럼 귀에 거슬리는 소음에 극도로 민감하다. 안개 경적은 나에게 진동 악몽이다. 건설 중인 다리 근처에 있다가 촉각으로 소음을 느낀 적도 있다. 무거운 돌덩어리들이 덜거덕거렸고, 흙이 무너져 흘러내렸고, 증기기관의 굉음이 요란했고, 덤프트럭에서 흙이 쏟아졌고, 큰 망치의 망치질이 3박자로 울려퍼졌다. 나는 화실(火室), 타르, 시멘트의 냄새도 맡을 수 있다. 그래서 강철과 돌을 다루는 험한 노동에 대해 생생한 느낌을 갖고 있고, 사람이나 기계가 만들어내는 온갖 불쾌한 소음에 익숙하다고 생각한다. 육중한 낙하물이 떨어질 때 털썩하는 소리, 토막 낸 통나무를 쪼개는 소리, 얼음을 투명한 조각으로 부수는 소리, 허리케인에 나무가 뽑혀 땅으로 쓰러지는 소리, 화물열차 연결을 바꿀 때 들리는 불규칙하고 끊임없는 소음, 가스가 폭발하는 소리, 암석을 발파하는 소리, 돌과 돌을 갈아대서 부술 때의 끔찍한 소리, 이 모든 것을 나는 촉각으로 경험했고 큰 혼란, 전쟁, 폭우, 지진, 여타 굉음을 일으키는 사건에 대한 개념을 잡아갔다.

나는 도시의 교통과 다양한 움직임도 촉각으로 감지한다. 사람들의 부산함과 북적임을 느끼고 자동차의 온갖 삐걱거림과 경적소리도 느낀다. 뿐만 아니라 각양각색의 가게, 자동차, 짐마차, 말, 과일 가판대에서 나는 소리나 냄새는 물론이고 많은 종류의 연기도 알아차린다.

이상한 곰팡내 나는 악취에는
알싸한 먼지내 나는 공기에는
석회도 있어 모래도 있어
아무도 참을 수 없어.
거리는 다닐 수 없고

사람들은 성질부리고

모두가 울부짖을 때까지

그가 몸을 떨며 지나가지

눈으로 보며

코로 냄새 맡으며.

모든 게 완전히 멈추니, 아니 적어도 많이 느려지니

"이런! 이 도시는 언제 끝장나니?"[13]

    도시는 흥미롭다. 하지만 도시의 소음과 기차의 심란한 진동을 겪고 나면 늘 촉각이 편안한 시골이 제일 반갑다. 시골에서는 자연의 파괴와 복구와 변경이 얼마나 조용하고 평온하게 이뤄지는가! 망치질 소리, 톱질 소리, 돌 쪼는 소리는 들리지 않고, 하루 종일 바람에 흔들리던 잎과 탐스러운 과일이 나뭇가지에서 풀 위로 떨어지면서 사각, 툭 하는 소리만 들린다. 고요하게 모든 것이 생기를 잃고 시들어 다시 태어날 땅으로 돌아간다. 그러고 나서 어디선가 부지런한 창조자가 밤낮 없이 조용하게 부지런히 일하는 동안 모든 것이 잠을 잔다. 흙이 새롭게 꾸민 창조물을 한꺼번에 만들어내는 동안에도 세상은 여전히 고요하다. 풀, 이끼, 꽃의 바다가 대지를 가로지르며 부드럽게 파도친다. 앙상한 가지에 이파리 커튼이 드리운다. 큰 나무들은 남향, 서향의 널찍한 집을 차지하려고 모여드는 새들을 다시 맞을 채비에 활기가 넘친다. 물론, 누추하다고 해서 행복한 생물의 둥지가 되지 못할 곳은 없다. 초원의 개울은 찰랑찰랑거리며 얼음 족쇄에서 풀려나 콸콸 흐르다 이윽고 마음껏 내달린다. 향기가 가득한 가운데 자연의 오케스트라가 연주하는 음악에 따라 이 모든 것이 이루어지는 데는 불과 두 달도 걸리지 않는다.

정말 나는 땅에서 수많은 자그마한 소리를 듣는다. 풀숲의 바스락거리는 소리, 나뭇잎이 휙 지나가는 소리, 곤충의 윙윙거리는 소리, 내가 딴 꽃에 모여든 벌의 붕붕거리는 소리, 새가 물속에 들어갔다 나와서 날개를 퍼덕거리는 소리, 냇물이 조약돌 위로 찰랑거릴 때의 약한 떨림 등이 느껴진다. 이런 기분 좋은 소리는 일단 한 번 느끼고 나면 머릿속에서 계속 바스락거리고, 윙윙거리고, 붕붕거리고, 퍼덕거리고, 찰랑거려서 행복한 기억으로 남는다.

내 경험과 타인의 경험 사이에 내가 잇지 못할 무언의 공간은 없다. 왜냐하면 내가 온 세상과, 생명과, 우리 모두를 감싸는 변화무쌍한 대기와 끊임없이 다양하고 유익한 교감을 나누고 있기 때문이다. 세상 만물을 감싸는 공기의 가공할 에너지는 따뜻하고 황홀하다. 열파와 음파가 한없이 변하고 뒤섞이면서 내 얼굴에 와닿는다. 그러면 나는 내 귀가 듣지 못하는 무수한 소리를 감지한다.

공기는 지역마다, 계절마다, 심지어 시간마다 달라진다. 향기롭고 신선한 바다 미풍은 강둑을 따라 부는 변덕쟁이 바람과 확실히 다르다. 이 변덕쟁이 바람은 눅눅할뿐더러 뭍의 악취를 풍긴다. 산의 상쾌하고 은은하고 건조한 공기는 바다의 싸하고 짠내 나는 공기와 절대 헷갈릴 일 없다. 겨울비 내린 공기는 진하고 독하고 응축되어 있다. 반면에 봄비 내린 공기에는 새로운 생명력이 들어 있다. 봄비 내린 공기는 가볍고 잘 돌아다녀서 땅과 풀, 돋아나는 잎에서 퍼져나오는 수많은 향기가 들어 있다. 한여름의 공기는 마치 화덕에서 나온 것처럼 짙고 텁텁하거나 건조하고 뜨겁다. 이 후텁지근한 정적을 시원한 산들바람이 휩쓸고 지나가면 5월만큼도 향기가 남지 않는다. 때로는 불어닥칠 폭풍우의 냄새가 난다. 그렇다고 낮게 깔린 공기를 쓸어내며 휘몰아치는 폭풍우의 냉기가 겨울의 혹독한 냉기와 조금도 비슷할 리 없다.

겨울비는 스산하고, 향기도 없고, 황량하다. 하지만 봄비는 상큼하고, 향긋하고, 생명력을 주는 온기로 충만하다. 봄비는 대지에 내려와 강물을 불리고, 언덕배기에 물이 풍성하게 하고, 밭고랑을 촉촉이 적셔 씨앗에 수분을 공급하고, 깊이 들이마시기조차 힘든 진한 향기가 샘솟게 한다. 그래서 나는 봄비를 기쁘게 맞이한다. 봄비는 아름답고, 공평하고, 사랑스럽다. 봄비는 진주 같은 빗방울로 나무와 덤불의 모든 잎을 씻어주고, 약초와 독초에게 공평하게 도움을 주고, 자신을 필요로 하는 모든 생명체를 찾아나선다.

감각들은 서로 돕고 서로를 강화한다. 그래서 나에게 있어 세상을 가장 많이 인식하는 감각이 촉각인지 후각인지 모르겠다. 모든 곳에서 촉각의 강과 후각의 시내가 만난다. 계절마다 독특한 향이 난다. 봄은 흙내가 나고 생기가 충만하다. 7월은 무르익는 곡식과 건초의 냄새로 가득하다. 여름이 지나가면 서늘하고 건조하고 성숙한 향이 세상을 뒤덮고, 미역취, 쑥국화, 밀짚꽃이 다음 계절을 알린다. 가을에는 덤불, 풀, 꽃, 나무에서 피어나는 부드럽고 매혹적인 향기가 대기를 가득 채운다. 그러면 나는 시간과 변화에 대해, 생명의 새로운 탄생과 죽음에 대해, 소망과 성취에 대해 깨닫는다.

후각, 타락한 천사

몇 가지 설명할 수 없는 이유 때문에 후각은 감각들 가운데 응당 차지해야 할 높은 위상을 차지하지 못하고 있다. 후각에는 타락한 천사 같은 뭔가가 있다. 후각 덕분에 우리가 숲 향기에 이끌리고 아름다운 정원의 향기에 위로를 받을 때는 후각이 우리의 논의에서 있는 그대로 받아들여진다. 하지만 우리가 후각을 통해 주변에 해로운 뭔가가 있음을 알게 될 때는 후각이 천사보다 우세한 악마로 취급받아 제 역할을 다한 죄로 '바깥 어두운 곳'(「마태복음」에서 불신자 추방지)으로 내쫓긴다. 인간의 편견을 받는 것들을 논할 때는 말의 진의를 지켜내기가 지극히 어렵다. 따라서 나로서는 당장 후각을 있는 그대로 기품 있게 설명하기가 어렵다.

내 경험에서 후각은 매우 중요하다. 그래서 나는 사람들이 무시하고 얕보는 후각의 체면을 세워줄 고귀한 권위를 보이고 자 한다. 성서에 따르면, 주(主)는 제물을 불살라서 끊임없이 향기를 바치는 화제(火祭)를 올리라고 명했다.[14] 햇볕에 온기를 얻고 바람을 타며 흔들리는 나뭇가지에서 피어나는 향기보다 더 즐거운 감각이 있을까? 아니면 보이지 않는 감미로움으로 드넓은 세상을 채우며 솟았다 가라앉고 다시 넘실넘실 물결치 는 향기의 파도보다 더 즐거운 감각이 있을까?

우리는 세상 만물의 냄새를 맡으면 본 적이 없는 세계를 그 려내고, 소중한 경험을 순간적으로 떠올린다. 나는 데이지 향 을 맡을 때마다 선생님과 내가 들판을 돌아다니며 새로운 말과 사물 이름을 익혔던 즐거운 오전 시간을 회상한다. 후각은 강 력한 마법사라서 과거에 살았던 머나먼 장소와 기나긴 세월 속 으로 우리를 데려간다. 나는 과일 향을 맡으면 남부의 고향으 로, 복숭아밭에서 뛰놀던 어린 시절로 돌아간다. 순간적으로 지나가는 이런저런 향기를 맡으면 내 가슴은 즐거워서 부풀어 오르거나 슬픔이 떠올라 움츠러든다. 냄새에 대해 생각하기만 해도 내 코는 지나간 여름날들과 멀리 익어가는 들녘에 대한 행복한 기억을 일깨우는 향기로 가득해진다.

뜨거운 태양 아래 갓 베어낸 건초가 쌓여 있는 초원에서 희 미한 냄새만 풍겨와도 내가 있는 장소와 시간이 달라진다. 나

◁ 정원에서 해바라기를 만지고 있는 헬렌 켈러. 1907년.

는 허름한 빨간색 헛간 속으로 돌아간다. 꼬맹이인 친구들과 내가 건초 더미에서 놀고 있다. 파삭파삭하고 냄새 좋은 건초를 쌓아올린 커다란 건초 더미의 꼭대기에 서면 키가 제일 작은 꼬마라도 서까래에 손이 닿는다. 아래의 외양간에는 농장 동물들이 있다. 제리, 무심하고 못생긴 제리가 보인다. 타고난 비관주의자처럼 귀리를 오도독오도독 씹어먹는 녀석은 먹이가 탐탁지 않은 기색이다. 적어도 자기 기대에 못 미치는 모양이다. 다시 나는 브라우니, 원기왕성하고 명랑한 꼬마 브라우니를 만진다. 녀석은 내 손길을 받으려고 맛있는 먹이도 마다한 채 예쁘고 가는 목을 쭉 내민다. 옆에는 입이 예쁘장하고 촉촉한 레이디 벨이 있다. 녀석은 느릿느릿 큰조아재비와 클로버를 되새김질하며 6월의 짙푸른 목초와 졸졸 흐르는 시냇물을 눈앞에 그린다.

나는 눈에 보이는 징후가 나타나기 몇 시간 전에 폭풍우가 올 것을 후각으로 알아차린다. 먼저 콧속에 무슨 일이 닥칠 듯한 긴장감, 가벼운 떨림, 주의 집중이 느껴진다. 그리고 폭풍우가 다가올수록 콧구멍이 넓어져 짙어지고 확산되는 흙냄새를 더 잘 맡게 된다. 마침내 내 뺨에 빗방울이 떨어진다. 폭풍우가 점점 멀리 사라져 가면 흙냄새도 점점 희미하게 열어져서 지평선 너머로 사라진다.

나는 후각으로 집의 종류도 알아낸다. 언젠가 고풍스런 시골집을 알아맞힌 적이 있다. 그 집에서는 몇 겹의 향기가 났는데, 각각의 향기가 각각의 가족에게서 났고, 또한 각각의 식물, 향수, 커튼에서도 났다.

나는 낮보다 진동이 적은 고요한 저녁 이후에는 후각에 더 많이 의존한다. 성냥의 유황 냄새가 나면 등이 켜져 있는 것이다. 한참 후에는 이리저리 지나가다 사라지는 냄새의 흔적에 주의를 기울인다. 그렇게 사라지는 냄새는 소등의 신호이다. 밤이 깊어 불을 끄는 것이다.

밖에서는 후각과 촉각으로 걸어가는 땅과 지나가는 장소를 알아차린다. 바람이 불지 않으면 냄새가 뭉쳐 있어서 그 지역의 특징을 알 수 있다. 또한 건초용 풀밭인지, 시골 점방인지, 정원인지, 헛간인지, 소나무 숲인지, 창문 열린 농가인지도 알 수 있다.

며칠 전에는 늘 가던 숲을 향해 걸어가다가 불안한 냄새에 놀라 갑자기 걸음을 멈추었다. 이내 특이하고 규칙적인 쓱싹쓱싹하는 소리가 느껴지더니 둔탁하고 강렬한 천둥소리가 울려 퍼졌다. 내가 너무나 잘 아는 냄새와 소리였다. 나무가 잘려 쓰러지고 있었다. 우리는 낮은 돌담을 넘어 왼쪽으로 갔다. 돌담은 내가 너무 좋아해서 내 것인 양 여긴 숲의 경계였다. 하지만 그날은 생소한 바람이 불고 예기치 않은 햇살이 내리쬤다. 나는 나무 친구들이 사라져버린 것을 알았다. 나무들이 있던 자리가 사람이 살지 않는 집처럼 텅 비어 있었다. 나는 손을 뻗었다. 한때 거대하고 아름답고 향기로운 소나무들이 꿋꿋하게 서 있던 자리에서 거칠고 축축한 그루터기가 만져졌다. 상처 입은 사슴의 뿔 같은 부러진 나뭇가지들이 온 사방에 흩어져 있었다. 수북이 쌓인 향기로운 톱밥이 내 주변에서 소용돌이치다가 흩뿌려졌다. 내가 사랑하는 아름다움이 그토록 무자비하게 파괴된 곳에 있으니 왠지 모를 분노가 치밀어올랐다.

하지만 자연에는 화도 분노도 없다. 공기에는 생명의 향기와 파괴의 악취가 똑같이 들어 있다. 성장과 마찬가지로 죽음 또한 모든 생명체에게 항상 도움이 되기 때문이다. 햇살은 변함없이 비치고 바람은 새롭게 트인 공간을 흥겹게 지나간다. 나는 옛 숲이 있던 자리에 그만큼이나 아름답고 유익한 새 숲이 생겨날 것임을 알고 있다.

촉각은 변함없고 명확하다. 반면에 후각은 편차가 있고 변하기 쉬워서 냄새의 농도, 종류, 위치에 따라 달라진다. 냄새에는 거리감을 느끼게 하는 다른 뭔가도 들어 있다. 나는 그것을 가리켜 '후각 한계선'이라 부른다. 후각 한계선은 냄새와 상상이 만나는 선으로, 후각을 느낄 수 있는 가장 먼 한계이다.

나는 촉각이나 미각보다 후각을 이용하면 시각과 청각이 기능하는 방식을 더 많이 이해할 수 있다. 촉각은 표면과의 접촉이라서, 감각 영역이 만지는 대상에 한정되는 것 같다. 하지만

숲에서 나무에 기대고 있는 헬렌 켈러. 1907년. ▷

후각에는 요철(凹凸) 개념이 없어서, 감각 영역이 후각 대상에 한정되지 않고 후각 기관에 달린 듯하다. 나는 멀리서도 나무 냄새를 맡기 때문에, 만지지 않아도 보인다는 말을 이해할 수 있다. 나는 정상인이 나무를 요철이 아닌 망막에 맺힌 상으로 인식한다는 사실에 놀라지 않는다. 왜냐하면 나의 후각도 속이 비었든 내용물이 있든 나무를 가느다란 입체로 인식하기 때문이다.

냄새 자체만으로는 아무것도 알 수 없다. 나는 연상을 통해 냄새로 대상과의 거리, 대상의 위치와 움직임, 평상시 그런 냄새가 나는 환경을 판단하는 법을 익혀야 한다. 마치 정상인들이 색, 빛, 소리로 판단하는 것처럼.

나는 냄새로 사람들에 대해 많은 것을 알아낸다. 종종 사람들이 종사하는 일을 알아내기도 한다. 나무 냄새, 쇠 냄새, 물감 냄새, 약 냄새가 나는 곳에서 일하는 사람들의 옷에 그런 냄새가 배어 있다. 그래서 나는 목수와 철공을 구별할 수 있고, 화가와 석공 또는 약사를 분간할 수 있다. 누군가가 내 앞을 빠르게 지나가면, 냄새로 그가 있었던 곳이 부엌인지, 정원인지, 병실인지 가늠하기도 한다. 또 비누, 화장수, 세탁한 옷, 모직물과 견직물, 장갑의 냄새에서 신선미와 멋에 관한 만족스러운 착상을 떠올리기도 한다.

그렇다고 내가 사냥개나 야생동물만큼 후각이 뛰어나지는

않다. 그러니 다리 저는 사람과 시각장애인을 제외한 그 누구도 나의 추적 능력을 겁낼 필요가 없다. (냄새 없는) 물, 희미해지거나 헷갈리게 겹쳐진 냄새 흔적 말고도 내가 잘못 판단할 여지가 있기 때문이다. 그래도 손과 얼굴만큼 다양한 사람의 체취는 손과 얼굴만큼이나 잘 구별할 수 있다. 내가 사랑하는 이들의 사랑스러운 체취는 너무나 분명해서 전혀 헷갈리지 않는다. 그래서 다른 어떤 냄새가 나도 그들의 체취가 완전히 사라지지는 않는다. 설령 아주 오랜만에 절친한 친구를 아프리카 한복판에서 다시 만난다 해도 그의 체취를 금방 알아차릴 수 있을 것 같다. 그것도 고함지르는 내 남동생을 알아보는 것만큼이나 빠르게.

아주 오래전에 혼잡한 기차역에서 한 여성이 서둘러 지나가며 내 뺨에 입맞춤을 한 적이 있다. 나는 그녀의 옷깃도 만져보지 못했다. 하지만 그녀가 입맞춤하며 남긴 체취로 그녀를 어렴풋이 그려볼 수 있었다. 그녀가 내게 입맞춤한 지 여러 해가 지났지만 그녀의 체취는 여전히 내 기억 속에 생생하게 남아 있다.

사람의 체취, 그 자체를 말로 표현하기는 어렵다. 체취를 표현할 적절한 어휘가 없는 것 같다. 그래서 나는 비슷한 어구와 은유를 사용할 수밖에 없다.

어떤 사람들에게는 희미하고 약한 체취가 감돈다. 이런 체

취는 가늠하려고 노력해 봤자 헛일이다. 내 후각으로는 도저히 맡을 수 없는 냄새이다. 간혹 독특한 체취가 나지 않는 사람을 만나기도 하는데, 그런 사람치고 쾌활하거나 재미있는 경우는 거의 없다. 반면에 체취가 강렬한 사람은 대개 활력과 원기가 넘치고 생기발랄하다.

대체로 남성의 체취는 여성의 체취보다 강하고 선명하고 차이가 확연하다. 젊은 남성의 체취에는 불, 폭풍우, 바다에서 나는 냄새처럼 자연 그대로의 뭔가가 있다. 탄력과 욕망이 진동한다. 남성의 체취에서는 강하고 아름답고 즐거운 온갖 것들이 연상되어, 나는 육체적 행복감을 느낀다.

나는 다른 사람들도 모든 갓난아기에게서 똑같은 체취가 난다고 생각하는지 궁금하다. 갓난아기의 체취는 선명하고 단순하면서도 잠재된 개성만큼이나 분별할 수가 없다. 애들은 예닐곱 살이 돼서야 비로소 식별할 수 있는 제각각의 체취를 발산하기 시작한다. 이런 체취는 아이들의 정신력, 체력과 더불어 발달하고 성숙해간다.

냄새, 특히 사람의 체취에 대한 내 글은 '눈으로 인식하는 실체와 아름다움의 세계'를 모르는 사람의 비정상적 감성으로 여겨질 수도 있다. 하지만 세상에는 색맹인 사람도 있고 음치인 사람도 있는데, 대부분의 사람들은 냄새를 구별하지 못하는 후맹(嗅盲)이자 후치(嗅癡)이다. 무릇 화음을 구별하지 못하는 귀로 악곡을 비난해서는 안 되고, 색맹인 비평가가 그림을 평가해서는 안 되는 법이다. 단지 눈에 보이는 넓고 환한 길을 걸어가는 몇몇 비평가의 후각이 발달되지 않았다고 해서, 내 삶을 북돋워주고 현명하게 하고 넓혀주는 후각이 덜 즐거울 것도 없다.

내가 미각, 후각, 촉각을 통해 얻는 감각과 특성이 비록 미약하고 변하기 쉽고 종종 느껴지지 않더라도 그것들이 없으면, 나는 세상 만물의 개념을 전적으로 다른 사람으로부터 받아들여야 한다. 또 지금 나의 세계로 빛, 색, 변화무쌍한 감각을 들여오는 능력도 사라지게 된다. 아마 나의 상상력을 엮고 떠받치는 감각적 실체도 산산조각 나고 말 것이다. 견고한 땅덩어리도 내 발밑에서 점점 무너져 사방으로 흩어지고 말 것이다. 내 손으로 사랑스럽게 만지던 대상들도 형체를 잃고 죽어갈 것이다. 그러면 나는 눈에 보이지 않는 유령들 사이를 거닐듯 그것들 사이를 배회해야 한다.

감각의 상대적 가치

며칠 동안 후각과 미각을 느끼지 못한 적이 있다. 공기를 들이마셔도 단 하나의 냄새도 맡지 못하는 그 철저한 후각 상실은 정말 믿기지 않을 정도였다. 그 기분은, 다소 덜한 감이 있더라도, 처음으로 시력을 잃고 언제가 다시 빛을 볼 수 있으리라 기대밖에 할 수 없는 사람의 심정과 비슷했던 것 같다. 나는 언젠가 다시 냄새를 맡을 수 있으리라 생각했다. 하지만 그런 기대가 사라지자 내가 맡지 못하는 무수한 냄새가 들어 있는 공기만큼이나 거대하게 내 위로 외로움이 드리워졌다. 후각에서 얻을 수 있는 수많은 미묘한 즐거움이 얼마간 간절한 추억이 되고 말았다. 그러다가 잃어버린 감각을 되찾았을 때 내 마음은 뛸 듯이 기뻤다.

한스 크리스티안 안데르센(1805~1875, 덴마크의 작가)은 카이와 게르다의 이야기(『눈의 여왕』)에서 꽃과 관련된 장면을 멋지게 극적으로 묘사한다. 악마의 거울 조각 때문에 인간의 사랑을 상실한 카이는 갑자기 게르다와의 사랑의 상징인 장미의 아름다움이 느껴지지 않자 눈의 여왕과 함께 집을 떠나버린다.

며칠간 후각을 잃고 나서 나는 후각이 갑자기 어쩔 수 없이 상실될 수 있는 감각임을 이전보다 더 명확히 알게 됐다. 그러고 나서 약간의 상상력을 펼치자, 거대한 커튼이 갑자기 낮, 별, 하늘 전체의 빛을 가려버릴 경우 어떤 일이 생길지 깨달았다. 앞을 볼 수 없게 된 사람의 눈은 빛을 갈망하기 마련이다. 그는 두려워하면서도 익숙한 길을 걸어보려 시도한다. 하지만 결국 그의 의식은 자기 앞 사방에 펼쳐진 불변의 허공을 걷다가 어둠의 실체를 인정하게 된다.

일시적 후각 상실을 통해 나는 어느 감각을 잃는다고 해서 정신적 능력이 저하되거나 세계관이 삐뚤어지지 않는다는 사실도 확실히 알게 됐다. 따라서 시각과 청각을 잃더라도 지성의 내적 질서가 문란해지지는 않는다. 나는 후각을 상실하더라도 여전히 세상의 많은 부분을 인식할 수 있을 것이다. 신기하고 놀라운 것들이 넘쳐나고, 어둠 속에 모험이 가득할 것이다.

내가 매긴 감각의 등급으로는, 후각이 청각보다 조금 못하고 촉각이 시각보다 월등하게 뛰어나다. 나와 같은 생각을 한 위대한 예술가들과 철학자들이 있다. 드니 디드로(1713~1784, 프랑스의 철학자)는 이렇게 말한다.

나는 감각 중에서 시각이 가장 천박하고, 청각이 가장 오만하며, 후각이 가장 방탕하고, 미각이 가장 허무맹랑하고 변덕스러우며, 촉각이 가장 심오하고 가장 철학적임을 깨달았다.

만난 적 없는 어느 친구가 존 애딩턴 시먼즈(1840~1893, 영국의 작가)가 쓴 『이탈리아의 르네상스』 가운데 한 대목을 보내왔다.

로렌초 기베르티(1378~1455, 이탈리아의 미술가)는 로마에서 본 고대 조각상 하나를 묘사하면서 이렇게 덧붙였다. "언어의 힘만으로는 그 안에 내재된 지식, 역량, 예술성의 완벽함을 표현할 수 없다. 그것이 지닌 절묘한 아름다움은 시각으로는 찾아낼 수 없다. 오직 그 위를 지나는 손의 촉각으로만 발견해낼 수 있다." 파도바에 있는 다른 고대 대리석상에 대해서는 이렇게 말했다. "기독교 신앙이 득세하자 몇몇 고매한 인물들이 이 조각상을 저곳에 숨겼다. 그들은 그것이 완벽할뿐더러 너무나 훌륭한 예술성과 천재의 탁월한 능력으로 만들어진 작품으로 보여 감동한 나머지 경의감과 안타까움을 느꼈다. 그래서 무덤을 파 벽돌을 깔

고 둘러 그 안에 조각상을 안장했다. 그러고는 널찍한 석판으로 덮어 조각상이 손상되지 않도록 했다. 그 조각상은 수많은 아름다움을 지니고 있다. 하지만 눈만으로는 그 아름다움을 이해할 수 없다. 강한 빛이나 부드러운 빛을 쪼여도 보이지 않는다. 오직 손으로 만져봐야만 찾아낼 수 있다."

손을 뻗어 햇살의 즐거움을 느껴보라. 부드러운 꽃들을 뺨에 지그시 대보고, 손가락으로 우아한 자태와 미묘한 형상 차이와 나긋나긋함과 신선함을 느껴보라. 얼굴을 내밀어 하늘을 휩쓸고 지나가는 기류를 느껴보고, 창공을 한껏 들이켜라. 그리고 경탄하라, 바람의 끊임없는 움직임에 경탄하라. 수많은 나뭇가지와 넘실거리는 수면에서 느낄 수 있는 촉각의 울림이 빚어내는 무한한 음악이 점점 영혼으로 흘러든다. 그 음악을 한 음 한 음 더 크게 들어보라. 이렇게 심오하고 감성적인 촉각이 제 역할을 다해내고 있는데 어떻게 세상이 작아진 것처럼 느껴지겠는가? 요정이 내게 시각과 촉각 중 하나를 선택하라고 하면 어떻게 할까. 나는 분명히 사람 손이나 수많은 생명체의 따스하고 사랑스러운 감촉, 손바닥에 와닿는 움직임과 충만함을 놓치려 하지 않을 것이다.

◁ 옥수수밭에서 옥수수 줄기를 만지고 있는 헬렌 켈러. 1907년.

오감으로 느끼는 세계

시인들 덕분에 우리는 밤이 얼마나 경이로움으로 가득한지 알게 됐다. 또한 맹목(볼 수 없음)의 밤에도 그 나름의 경이로움이 있다는 사실도 알게 됐다. 유일하게 빛이 없는 어둠은 무지와 무감각의 밤이다. 보이든 보이지 않든 우리의 감각은 서로 다르지 않다. 감각을 이용하는 방식이 다르고, 감각 너머의 지혜를 찾고자 하는 용기와 상상력이 다를 뿐이다.

똑똑한 시각장애인에게 나이아가라 폭포의 장관을 볼 수 있게 가르치는 것보다 무지한 사람에게 생각하는 법을 가르치는 것이 훨씬 어렵다. 과거에 나는, 눈에 빛이 가득하지만 숲이나 바다나 하늘에서, 도시의 거리에서, 책에서 아무것도 보지 못하는 사람들과 다를 게 없었다. 이런 '시각'은 정말 무의미한

헛것일 뿐이다! 나에게는 시각이라는 단순한 감각 작용에 만족하기보다는 차라리 지각과 감성과 지성을 갖추고 맹목의 밤을 영원히 항해하는 편이 훨씬 나았다. 비록 그들에게는 석양, 아침 하늘, 먼 자줏빛 언덕이 보이지만, 그들의 영혼은 이 매혹적인 세계를 무의미하게 바라보며 항해한다.

시각장애인의 불행은 엄청날뿐더러 돌이킬 수도 없다. 하지만 그렇다고 우리 모두가 소중하게 여기는 봉사, 우정, 유머, 상상력, 지혜 같은 것들마저 박탈당하지는 않는다. 운명을 좌우하는 것은 드러나지 않는 내면의 의지이다. 시각장애인도 기꺼이 선해질 수 있고, 사랑하고 사랑받을 수 있으며, 더 현명해지기 위해 생각할 수도 있다. 이런 근본적 정신력을 신의 다른 모든 자손들과 똑같이 지니고 있다.

따라서 시각장애인도 시내 산에서 번개를 보고 천둥소리를 듣는다.(구원)[15] 시각장애인도 자신에게 기쁨을 안겨줄 광야와 메마른 땅을 가로질러 행진하니, 그곳을 지날 때 주(主)가 사막에 장미 같은 꽃을 피운다.(축복)[16] 시각장애인도 약속의 땅에 들어가 정신의 보물, 삶과 자연의 보이지 않는 영원성을 갖게 된다.(영성)[17]

정신이 생동하는 시각장애인은 미지의 것을 직시하고 그것과 당당히 맞선다. 볼 수 있는 사람들의 세계라고 다를 게 있을까? 시각장애인에게도 상상력, 감응력, 인간다움이 있다. 그래서 이런 불변의 존재 특성 덕분에 시각장애인은 자신에게 없는 감각을 일종의 대리 감각을 통해 인식한다. 시각장애인은 색, 빛, 인상(人相) 같은 말을 접하면 자신의 감각들에서 이끌어낸 유사성을 이용해 그 말의 의미를 짐작하고 예측하고 알아낸다.

나는 본디 세 개의 감각이 아닌 오감(五感)을 지닌 것처럼 생각하고 유추하여 결론을 이끌어내는 습성이 있다. 이런 습성은 어찌할 수가 없다. 무의식적이고 습관적이고 반사적이다. 내 정신에다 대고 "나는 본다." 또는 "나는 듣는다." 대신에 "나는 느낀다."라고 말하라 강요할 수는 없다. 나의 세 가지 신체 감각에 감지되는 외부 사물을 정확하게 묘사하려고 단어를 찾다보면 '느끼다'라는 말이 '보다'와 '듣다' 못지않게 많이 쓰임을 경험적으로 알 수 있다. 우리가 한쪽 다리를 잃을 경우, 뇌는 '없지만 있다고 느끼는' 그 다리를 계속 사용하려 한다. 그렇다면 뇌는 정말 기능이 그러해서, 눈과 귀를 못 쓰게 될 경우 시각과 청각도 계속 사용하려고 하지 않을까?

오감은 한 몸에 있을 때만 지적으로 함께 작용하는 것 같다. 그러나 두세 가지 감각이 다른 감각의 도움을 받지 못하면 다른 사람의 몸에서 보충할 감각을 찾아 원활하게 함께 작용한다. 나는 지나친 접촉으로 손이 아프면 다른 사람의 시각에 도움을 구한다. 어둡고 소리도 색도 없는 물질의 부분부분만 만져보고 생각해야 하는 부담 때문에 굼뜨고 지칠 때, 빛과 소리와 색을 감각할 수 있는 다른 사람의 도움을 받으면 그만큼 빨리 마음의 탄력을 회복할 수 있다. 요컨대, 오감은 따로따로 기능하지 않기 때문에 시청각장애인의 삶이 정상인의 삶과 다를게 없다.

시청각장애인은 미지의 바다에 뛰어든 프리드리히 폰 실러(1759~1805, 독일의 시인 겸 극작가)의 잠수부(담시 「잠수부」의 주인공)처럼 그 심연 속에 뛰어들고 나서 또다시 뛰어들지 모른다. 하지만, 죽고 말 운명의 그 주인공과 달리, 시청각장애인은 '자신의 정신은 불구가 아닐뿐더러 감각 장애에 구애받지 않는다'는 귀중한 진리를 깨닫고 의기양양하게 살아 돌아온다. 시각과 청각의 세계는 그에게 중대한 관심사가 된다. 그는 자신의 감각들을 이용해 시각과 청각에 관련된 모든 말을 이해한다. 그는 인간이 인식할 수 있는 모든 진리는 자신도 알 수 있다고 믿으며, 촉각으로는 알 수 없는 빛과 색을 두려움 없이 탐구한다. 그는 오랜 세월 밤이면 밤마다 별을 관측해서 별에 관한 한 가지 사실만 발견해도 보람을 느끼는 굳건하고 끈기 있는 천문학자와 비슷하다. 일상적 외부 사물에 대해 시청각 장애를 지닌 사람과, 가늠할 수 없는 우주에 대해 시청각 장애를 지닌 사람 둘다 시간과 공간의 제약을 받는다. 하지만 두 사람은 의기투합해서 시간과 공간의 한계를 벗어나 감각의 보완을 일궈낸다.

세계의 지식 가운데 대부분은 가상의 해석이다. 역사는 상

상의 한 양식, 즉 더 이상 지구상에서 볼 수 없는 문명을 보여주는 하나의 양식에 지나지 않는다. 현대 과학에서 중대한 발견 중 일부는 자신의 믿음을 증명할 정확한 지식도 도구도 없는 인간의 상상력에서 나온 것이다. 천문학이 언제나 망원경보다 앞서 발달하지 않았다면, 아무도 망원경을 만들 가치를 느끼지 못했을 것이다. 위대한 발명품치고 발명가가 실제로 만들어내기 전에 오랫동안 마음속에 품지 않은 것이 있는가?

상상력 풍부한 앎 가운데 훌륭한 본보기는 바로 융통성이다. 철학자들은 세계 탐구를 융통성으로 시작한다. 그들은 세계를 결코 있는 그대로의 전체로 인식할 수 없다. 하지만 불확실성을 무시하는 힘을 지닌, 실수를 엄청나게 허용하는 '그들의 상상력' 덕분에 경험적 지식으로 향하는 길이 나타난다.

위대한 시인과 음악가는 최고의 창조적 순간에 시각과 청각이라는 조야한 도구를 사용하지 않는다. 그들은 감각 의존에서 벗어나, 강하고 놀라운 정신의 날개로 안개 자욱한 언덕과 어두운 계곡 위로 높이 날아올라 빛과 소리와 지성의 영역으로 들어간다.

'새로운 예루살렘'이라는 영광을 어떤 눈이 보았던가?[18] 천상의 음악을, 시간의 발소리를, 행운의 계시를, 죽음의 나팔 소리를 어떤 귀가 들었던가? 인간은 유다 왕국의 언덕 위에 울려 퍼진 행복한 아우성을 귀로 들어본 적 없고, 천상의 풍경을 눈

◁ 창가에 앉아 책을 읽고 있는 헬렌 켈러. 1907년.

으로 본 적도 없다. 그렇지만 오랜 세월 동안 수많은 사람들이 그런 영적 계시를 들어왔다.

시각을 상실하더라도 내적 본성의 흐름은 조금도 바뀌지 않는다. 가장 아름다운 세상은 언제나 상상을 통해서만 들어갈 수 있다는 사실은 정상인에게나 시청각장애인에게나 마찬가지이다. 지금의 내가 아닌 대단한 나, 말하자면 멋지고 고귀하고 훌륭한 내가 되고 싶다면, 눈을 감아라. 그러면 그렇게 상상하는 동안 간절히 바라는 내가 된다.

내면의 시력

인간의 모든 올바른 사고, 모든 예술과 자연을 살펴보면 알 수 있듯이 질서, 균형, 형태는 아름다움의 필수 요소이다. 그리고 질서, 균형, 형태는 촉각으로 감지할 수 있다. 하지만 아름다움과 리듬은 감각보다 심오해서 사랑이나 신앙과 같다. 아름다움과 리듬은 감각 의존도가 낮은 정신적 과정에서만 생겨난다. 질서, 균형, 형태에 생명력을 불어넣을 정신 지능이 없다면 아름다움이라는 추상적 개념이 마음속에서 생겨날 리 없다. 많은 사람들은 온전한 두 눈을 가졌으나 인식력은 거의 눈먼 수준이다. 많은 사람들은 온전한 두 귀를 가졌으나 정서적으로 귀가 먼 거나 다름없다. 그런데 한두 가지 감각은 상실해도 의지, 정신력, 열정, 상상력을 지닌 사람들의 시력에 함부로 한계를 긋는 이도 바로 그들이다. 물질세계보다 이루 말할 수 없이 완전하고 아름다운 세계를 만들 수 있다고 일깨워주지 않는 믿음은 도로 아미타불일 뿐이다. 따라서 나 또한 더 나은 세계를 만들 수 있다. 왜냐하면 나도 조물주의 자손, 즉 온 세상을 창조한 이의 유산을 물려받은 자이기 때문이다.

세상에는 우리가 물질세계와 정신세계에 대해 알고 있는 모든 것의 혼합, 즉 만물의 조화가 있다. 나에게 있어 만물의 조화는 모든 인상(印象), 진동, 열기, 냉기, 맛, 냄새, 그리고 이것들을 통해 마음속에 전해져 끝없이 결합되고 연상 및 지식과 뒤섞이는 감각들로 이루어져 있다. 사려 깊은 사람이라면 아무도 내가 말한 발걸음의 의미가 엄밀히 볼 때 삐걱거림과 덜컥거림일 뿐이라고 생각지 않을 것이다. 내가 말한 발걸음의 의미는 일정한 선천적 요소로 이루어진 정신적 특색이자, 촉각으로 느낄 수 있는 진동의 강약이다. 또한 자기만의 것이 잘 갖춰진 인간의 육체적 습관과 정신적 특성에 관해 습득한 지식이다. 만약 그해 그때, 내가 사는 장소, 내가 아는 사람과 관련이 없다면 냄새에 무슨 의미가 있겠는가?

이 모든 것이 혼합된 결과가 때로는 멜로디를 낼 수 없고 교향곡은 더더욱 불가능한 현악기에서 나오는 불협화음이 될 수도 있다. (재차 설명이 필요한 사람들을 위해 말하자면, 나는 음악가의 바이올린 조율을 느껴보았고 교향곡에 관한 책도 읽었기에, 나의 은유에 관해 지적으로 제대로 인지하고 있다.)
하지만 훈련과 경험을 거치면서 흩어진 음을 한데 모아 온전하
고 조화로운 전체로 결합할 수 있는 능력이 발휘된다. 그리고
이런 일을 해낼 특별한 재능을 가진 사람을 우리는 시인이라
부른다. 시각장애인과 청각장애인 중에는 위대한 시인이 없다
고들 하는데, 맞는 말이다. 그래도 간혹 자기만의 아름다움의
왕국에 이른 시청각장애인이 있었다.

나에게는 시청각장애인 여성인 베르타 갈르롱 드 칼론
(1859~1936, 프랑스의 시인 겸 극작가)의 작은 시집[19] 한 권이 있다.
그녀의 시에는 그녀의 생각이 다재다능하게 표현되어 있다. 부
드럽고 감미로운가 하면, 운명의 가혹함과 비극적 울분이 가득
하다. 빅토르 위고(1802~1885, 프랑스의 시인 겸 소설가)는 그녀를
"위대한 통찰가"라고 했다. 그녀는 몇 편의 희곡을 썼는데, 그
중 두 편[20]은 파리에서 공연됐다. 프랑스 학술원은 그녀의 시
집에 문학상을 수여했다.

우리는 세상 만물의 무한한 경이로움 가운데 정확히 우리가
받아들일 수 있는 만큼밖에 알아낼 수 없다. 우리의 시력은 얼
마나 많이 볼 수 있느냐가 아니라 얼마나 많이 느끼느냐에 따
라 좌우된다. 아름다움은 단순한 지식으로 창조해낼 수 있는
것이 아니다. 자연을 사랑하는 자만이 자연의 가장 아름다운
노래를 들을 수 있다. 분석하려는 욕구를 채우려고 사실만 수

집하는 자들은 자연의 비밀을 알아낼 수 없다. 자연의 다양한 현상 속에 숨은 심오하고 섬세한 정취를 읽어낼 수 있는 자만이 자연의 비밀을 알 수 있다.

시각장애인인 내가 '신선하다', '활기차다', '어둡다', '음울하다' 같은 형용사를 사용한들 누가 뭐라고 할까. 나는 아침 일찍 들판을 산책했다. 이슬과 향기를 머금은 장미 덤불을 느껴보았다. 놀고 있는 새끼 고양이의 곡선미와 우아함도 느꼈다. 어린애들이 즐거움과 낯섦을 표현하는 방식도 이해했다. 그리고 이와 반대로 슬프고 무서운 것들도 만져보았다. 돌이켜보니 나는 이따금 먼지투성이 길을 발걸음 닿는 데까지 걸어보기도 했다. 갑자기 돌아서다가 말라비틀어진 미천한 잡초를 밟기도 했다. 그리고 손을 뻗어 기생충이 흡혈귀처럼 생명을 빨아먹은 아름다운 나무도 만져보았다. 연약한 날개를 늘어뜨린 채 작은 심장마저 뛰지 않는 어여쁜 새도 만져보았다. 몸이 약한 데다 기형까지 있는 아이, 다리를 저는 사람, 선천적 시각장애인, 그보다 훨씬 심각한 지적장애인을 만나 울기도 했다.

나에게 제임스 톰슨(1834~1882, 스코틀랜드의 시인)의 천재성이 있었다면, 촉각만으로 감지해낸 「무서운 밤의 도시」를 묘사할 수 있었을 것이다. 과연 우리는 이토록 현저한 대조적 차이 때문에 아름다움을 마음속에 그릴 수 없고 아름다움이 언제 눈앞에 나타날지 장담할 수 없는 것일까?

◁ 농장 울타리문 앞에 서 있는 헬렌 켈러. 1909년.

시각장애인의 시력이 생생하게 표현된 소네트 한 편이 있다.

　산이 소나무에게

그대 높고 위엄 있는 숲의 군주여,

머루 덩굴 따위 기어오르지 못할 곳에 우뚝하구나.

사람들이 늙은이라 부르는 그대여,

험난한 이내 절벽 위를 백 년이나 지켰다는구나.

하지만 내게는 그대의 일생이 하루에 지나지 않아서

내가 지내본 것을 돌이켜보니

숲의 군주들이 살고 진 바로 그곳에서

내 그대의 푸르름을 처음 보았으니

인간의 수명보다 내가 오래 산 때문이고,

구물거리고 스멀거리는 모든 생명체보다도

창공의 새보다도, 심연의 생물보다도.

나는 신이 구상한 최초의 밑그림이고

끊임없이 일렁이는 바닷물만이

또 밤하늘의 무수한 별들만이 나만큼 오래지.

『미국 명시 선집, 1787~1900』을 엮고 있었던 내 친구 에드
먼드 클래런스 스테드먼(1833~1908, 미국)이 이 시를 알아주었기
에 나는 기쁠 따름이다. 그는 뛰어난 시인이자 비평가여서 자

신이 만드는 미국 시의 보고(寶庫)에 이 시를 위한 자리를 마련해주지 않을 리 없었다. 시인 클래런스 호크스(1869~1954, 미국)는 어릴 적부터 시각장애인이었다. 하지만 그는 자신의 심상(心象)으로 엮을 재료를 자연에서 찾는다. 그는 머릿속에 떠오르는 지식과 인상(印象)에서 벗어나 자기 생각의 벽을 장식할 걸작을 그려낸다. 그래서 시인은 세상의 모든 참된 정신을 자기 집으로 불러들인다.

그는 산을 "신이 구상한 최초의 밑그림"이라고 생각한 뛰어난 시인이다. 이것이 바로 이 시가 지닌 진정한 경이로움이다. 단지 눈먼 사람도 하늘과 바다에 대해 이렇게 자신 있게 이야기할 수 있어야 한다는 뜻이 아니다. 하늘에 대한 시각장애인의 생각은 촉각에 와닿는 어렴풋한 느낌, 글에서 받는 암시, 타인이 관찰해서 알려준 사실, 그리고 이것들에 감정이 혼합되어 집적된 것이다. 나의 얼굴은 대기의 극히 작은 일부밖에 느끼지 못한다. 하지만 연속된 공간이 지나감에 따라 매 순간 매 지점의 공기를 느낀다. 나는 지구에서 태양까지, 다른 행성까지, 다른 항성까지의 거리에 대해 배웠다. 나는 내 촉각이 닿는 최고 높이와 최장 너비에 무수한 곱을 해서 하늘의 광활함을 보다 깊이 있게 느낄 수 있다.

물 위로, 물 위로, 물밖에 없는 곳으로 끝없이 나아가면, 시야에 가득한 바다의 광막함, 즉 고독을 느끼게 된다. 언젠가 나

179
내가 사는 세상

작은 배를 타고 있는 헬렌 켈러. 1913년.

는 작은 배를 타고 바다 위에 떠 있다가 솟구치는 파도에 휘말려 해변으로 밀려난 적이 있다. 그럼에도 내가 "봄의 신록이 대지 위에 파도처럼 넘실대누나"라는 시인의 묘사를 이해할 수 없는 걸까? 나는 산들바람에 일렁이고 팔랑이는 촛불을 느낀 적도 있다. 그럼에도 나는 "무수한 반딧불이가 팔랑이는 작은 촛불처럼 이슬 내린 풀밭을 이리저리 날아다니누나."라고 말해서는 안 되는 걸까?

하늘의 무한한 공간, 태양의 온기, 마음속에 그려지는 구름, 이따금 흙을 휩쓸며 흐르는 시냇물, 바람에 물결치는 드넓은 호수, 멀리 있으면 그리워지는 넘실대는 언덕들, 하나씩 지나갈수록 높아지는 나무들, 남들이 경치의 별의별 지점을 알려줘도 내가 고수하는 위치, 이 모든 것을 아울러보라. 그러면 내 마음의 풍경을 보다 확실하게 느낄 수 있을 것이다. 내 생각이 명료하게 끝 간 데가 바로 내 정신의 한계선이다. 이 한계선부터는 실제 눈에는 보이는 뭔가를 나는 그저 상상할 따름이다.

촉각으로는 감각의 간격을 메울 수 없다. 촉각은 표면 접촉에나 유효한 감각이다. 하지만 생각은 그 간격을 뛰어넘는다. 그 덕분에 나는 내 감각들과 거리가 먼 대상을 묘사하기에 적합한 말들을 사용할 수 있다. 이를테면 나는 갓난아기의 어린 체형에서 '동실동실'을 느꼈다. 나는 이런 지각력을 풍경에 적용할 수 있고 먼 언덕에도 적용할 수 있다.

감각 인지의 유사성

별의 윤곽도 달의 아름다움도 만져본 적 없지만, 나는 일찍이 신이 두 가지 빛, 즉 낮으로 다스릴 큰 빛과 밤으로 다스릴 작은 빛을 염두에 두었다고 믿는다. 두 빛 덕분에 나는 북극성을 보며 나아가는 항해사처럼 항구에 다다를 확신을 갖고 삶의 돛단배를 운항할 수 있다. 어쩌면 나의 태양은 정상인의 태양만큼 빛나지 않을지 모른다. 나의 세계에 아름답게 수놓인 색들, 하늘의 푸름, 들판의 초록도 정상인이 좋아하는 색과 똑같지 않을 수 있다. 하지만 그래도 내게는 색이다. 내 육신의 눈에는 태양이 빛나지 않고, 번개가 번쩍이지도 않고, 나무가 봄에 신록으로 변하지도 않는다. 하지만 등을 돌린다고 풍경이 사라지지 않듯, 그것들의 존재가 멈춘 것은 아니다.

나는 오렌지의 향이 자몽의 향과 다르다는 것을 알기에 진홍색이 심홍색과 어떻게 다른지도 안다. 또 색에는 명암이 있다는 것을 이해하기에 명암이 무엇인지도 짐작할 수 있다. 후각과 미각에는 근본적 차이가 될 만큼은 아니지만 다양성이 존재한다. 나는 그것을 명암이라 부른다. 내 옆에 장미 여섯 송이가 있다. 모든 장미에서 명백한 장미 향이 난다. 하지만 내 코에는 그 장미 향들이 똑같지가 않다. 장미 아메리칸뷰티는 자크미노, 라프랑스와 향이 다르다. 정상인에게 햇빛 속에서는 보이지 않는 색이 있듯 분명히 내 후각에도 느껴지지 않는 풀향기가 있다. 손으로 느끼는 꽃의 신선함은 금방 딴 사과 맛의 신선함과 비슷하다. 나는 이런 유추를 이용해 색에 대한 나의 개념을 확장한다. 내가 질감과 진동, 맛과 냄새의 특징에서 이끌어낸 유추를 정상인들은 시각, 청각, 촉각에서 이끌어낸다. 이런 사실 덕분에 나는 끈기 있게 노력해서 시각과 촉각 사이의 간격을 메울 용기를 얻는다.

　　확실히 많은 진전이 있다. 내가 정상인이 보는 아름다움과 정상인이 듣는 화성을 느낀다는 사실이 기쁘다. 설령 내가 근거로 삼는 생각이 틀린 것으로 밝혀지더라도, '인간다움'과 나 사이의 이런 유대감은 지켜갈 가치가 있다.

　　비록 나에게 닿기 전에 공기 말고 다른 물질을 거칠지라도 내 촉각을 위해 존재하는 감미롭고 아름다운 진동이 있다. 그

장미 향을 맡으며 책을 읽고 있는 헬렌 켈러. 1904년.

진동 덕분에 나는 감미롭고 즐거운 소리를 상상하고, 음악이라는 '소리의 예술적 배열'을 상상한다. 그러면 그 소리가 나의 느낌과 어느 정도 비슷한 소리의 인상(印象)을 전달하면서 공기를 타고 돌아다닌다는 생각이 이어진다. 또 나는 음색이 무엇인지도 안다. 손으로 목소리의 음색을 느낄 수 있기 때문이다.

열은 태양, 불, 손, 동물 털에 따라 느낌이 크게 다르다. 심지어 내게는 차가운 태양처럼 느껴지는 뭔가도 있다. 같은 식으로 나는 차갑고 따뜻하고, 선명하고 흐릿하고, 부드럽고 눈부시고, 그러면서도 항상 밝은 시각적 빛의 다양성을 생각한다. 또한 촉각처럼 한정되지 않고 공기 중으로 광범하게 퍼져나가는 빛을 상상한다. 그리고 목소리 경험으로 미루어, 눈이 빛 속에서 어떻게 명암을 구분하는지도 짐작한다. 소프라노 음성인 여성의 입술을 손으로 읽으면 높고 유려한 목소리에서 의기소침한 음색이나 기쁨에 찬 음색을 감지할 수 있다.

뺨에서 열이 느껴지면 얼굴이 붉어진다는 것도 안다. 나는 색에 대해 많이 대화하고 많이 읽었기 때문에 내 의지대로 함부로 색에 의미를 부여하지 않는다. 물론 모든 사람들이 희망, 이상주의, 일신교(一神教), 지성 같은 추상 용어에 어떤 의미를 부여한다. 사실 이런 용어들이 눈에 보이는 대상을 의미하는 것은 아니다. 하지만 객관적 사물이 연상되는 생각과 정신적 개념 간의 유추를 통해 이해할 수 있다. 연상력 덕분에 나는 흰

색은 고귀와 순수, 녹색은 원기왕성, 빨간색은 사랑이나 부끄러움이나 힘을 연상시킨다고 말할 수 있다. 색이 없으면, 내 삶은 어둡고 황량해서 거대한 암흑으로 변할 것이다.

이렇게 감각의 완성을 지향하는 내적 원리 덕분에 나는 색이 없는 상태로만 생각하지 않아도 된다. 그 내적 원리를 통해 나의 정신은 대상에서 색과 소리를 구별해낸다. 나는 교육받기 시작하면서부터 항상 섬세한 감각과 그것의 명확한 의미를 아는 이로부터 사물의 색과 소리에 대한 설명을 들었다. 그래서 습관적으로 사물에 색과 소리가 있다고 생각한다. 하지만 그런 습관으로는 사물의 일부분밖에 알 수 없다. 다른 일부분을 알아내는 것은 감성이다. 그리고 오감을 대동하고 자기 역할을 내세우는 뇌가 그 나머지를 알아낸다. 이 모두를 포함한 세계 전체에는 내가 인식하든 못 하든 응당 색이 존재한다. 나는 색으로부터 소외되기보다 색을 논의하고 상상하면서 향유한다. 이를테면 석양이나 무지개의 아름다운 빛깔을 바라보는 주변 사람들과 더불어 행복을 느낀다.

내 손은 이런 다양한 지식에 관여한다. 하지만 손가락으로는 표면의 작은 일부밖에 알 수 없으므로, 표면을 연속적으로 만져 나가야 비로소 촉각으로 전체를 파악한다는 사실을 간과해서는 안 된다. 그리고 내 상상력이 특정 장소, 위치, 거리에 구애받지 않는 사실이 훨씬 더 중요하다. 나는 모든 부분들을

행복해지는 가장 간단한 방법

촉각으로 느끼지 않고 상상으로 봤거나 이해한 것처럼 상상력을 통해 한꺼번에 그러모은다. 나는 내 말(馬)을 한 번에 일부밖에 느끼지 못한다. 내 말은 예민해서 손으로 만지는 것을 용납하지 않는다. 하지만 나는 여러 번에 걸쳐 무릎, 코, 발굽, 갈기를 느껴봤기에 하늘을 내달리는 아폴로의 (태양 마차를 끄는) 준마를 눈앞에 그릴 수 있다.

이렇듯 활발한 상상력이 있기에 내 생각은 모호하거나 불분명할 리 없다. 분명히 설득력 있고 명확하리라. 사실 이것이야말로 현실 세계가 오직 정신을 위해 존재한다는 철학적 진리에 따른 결과이다. 다시 말해, 내가 세계 전체를 만질 수는 없다. 아니, 정상인이 보거나 듣는 일부분보다 작은 부분밖에 만지지 못한다. 하지만 모든 생물, 모든 사물이 내 두뇌 전체로 들어와 물질적 공간에서와 똑같이 자리를 잡는다. 진정 나에게, 산맥을 따라 첩첩 쌓인 산봉우리에서 음악적 느낌을 자아내는 것은 소나무, 파도, 흔들림, 살랑거림 따위가 아니라 바로 '가지 뻗은' 생각이다. 너무 멀리 떨어져 있어서 향기를 맡을 수 없는 장미를 예로 들어보자. 금세 장미 향이 내 콧속으로 들어오고, 이어서 둥근 꽃잎, 살짝 말린 꽃잎 가장자리, 휘어진 줄기, 늘어진 이파리를 지닌 형체가 손바닥에 풍만하고 부드럽게 와닿는다.

내가 마음먹고 세계 전체를 한꺼번에 보려들면 그 세계가

엄습하여 갑자기 사람, 짐승, 새, 파충류, 파리, 하늘, 바다, 산, 평원, 바위, 조약돌이 눈앞에 펼쳐진다. 생명의 온기와 창조물의 박진감이 전체에 걸쳐 있다. 사람 손의 흥분감, 털의 윤택, 긴 몸의 유연한 굴곡, 요란한 벌레 소리, 올라갈수록 가파른 비탈의 울퉁불퉁함, 바위를 때리는 파도의 우아한 움직임과 파열음 등등. 이상하게 들릴지 모르지만, 나는 아무리 애를 써도 촉각으로 온 사방의 세상 만물을 몽땅 느낄 수는 없다. 그렇게 애를 쓰려는 순간, 전부 다 사라지고 만다. 작은 대상이나 표면의 한정된 일부분, 단순한 촉감의 여운, 아무렇게나 무질서하게 흩어진 사물만 남을 뿐이다. 아무 감흥도, 아무 즐거움도 일지 않는다. 따라서 심미적이고 폭넓은 감성에 걸맞은 영역을 돌아가야만 박진감이라는 최고의 즐거움을 누릴 수 있다.

◁ 말고삐를 잡고 서 있는 헬렌 켈러. 1907년.

정신이 눈뜨기 전

선생님이 오기 전까지는 나는 내가 존재하는지 몰랐다. 나는 존재하지 않는 세상에 살았다. 그 무의식적이면서도 의식적인 비존재(非存在)의 시간을 제대로 설명하는 데는 무리가 있다. 나는 내가 뭔가를 안다는 사실을 몰랐다. 내가 살아 있거나 행동하거나 욕구를 느낀다는 사실을 몰랐다. 나에게는 의지도 사고력도 없었다. 어떤 알 수 없는 타고난 충동에 따라 사물에 이끌리고 행동을 했다. 나에게는 화, 만족, 욕구를 느끼게 하는 어떤 마음이 있었다. 이 두 가지 사실 때문에 주변 사람들은 내가 의지를 발휘하고 생각을 한다고 여겼다.

나는 이 모든 것을 기억한다. 그런 일이 있었음을 당시에 알았기 때문이 아니라 나에게 촉각 기억이 있기 때문이다. 촉각 기억에 따르면, 나는 생각이라는 행위를 하느라 이맛살을 찌푸려본 적이 없다. 뭔가를 지레짐작해서 그것을 택한 적도 없다. 또 뭔가를 좋아하거나 바라서 몸의 반응이나 심장 박동으로 그것을 느낀 적이 없다는 사실도 기억한다. 그때는 내적인 삶이 과거도 현재도 미래도 없이, 희망이나 기대도 없이, 놀람이나 기쁨이나 믿음도 없이 공허하기만 했다.

> 밤이 아니었다. 낮도 아니었다.
> (……)
> 하지만 공허가 공간을 빨아들이니,
> 그래서 고정되어 장소가 사라지니,
> 별이 없었다, 땅도, 시간도,
> 억제도, 변화도, 선도, 죄악도.[21]

나의 잠자는 존재에는 신이나 불멸이라는 개념도, 죽음에 대한 두려움도 없었다.

역시 촉각으로 기억하건대, 나에게 연상력은 있었다. 발을 구르거나, 창문이 열리고 닫히거나, 문이 쾅 닫히는 듯한 소음의 진동을 느꼈다. 여러 번 비 냄새를 맡고 축축함에 불쾌감을 느끼고 나서는 주변 사람들처럼 행동했다. 달려가서 창문을 닫았다. 하지만 그런 연상력은 어떤 면에서도 사고력은 아니었

다. 비를 피하는 동물의 연상력이나 다름없었다. 나는 그저 다른 개체를 흉내 내는 동물의 본능을 발휘해, 세탁된 옷을 개서 내 옷을 따로 정리하고, 칠면조에게 먹이를 주고, 인형의 얼굴에 구슬 눈을 꿰매 달고, 촉각 기억에 남아 있는 다른 많은 일도 했다.

내가 좋아하는 것, 예를 들면 무척이나 좋아한 아이스크림을 원할 때는 혀에 입맛이 돌고(그런데 지금은 그렇지 않다.) 손에 아이스크림 제조기가 돌아가는 게 느껴졌다. 그래서 내가 어떤 표시를 보이면 어머니는 내가 아이스크림을 원한다는 것을 알아챘다. 나는 손가락으로 '생각하고' 욕구를 느꼈다. 만약 내가 인간을 창조했다면 틀림없이 손가락 끝에다 뇌와 영혼을 집어넣었을 것이다. 이런 기억으로 미루어 보건대, 나의 연상력은 선택력을 의미하는 자유의지와, 하나에서 열까지 생각하는 힘인 이성, 이 두 가지 능력의 출발점이었다. 두 가지 능력 덕분에 나는 처음에는 아이로, 나중에는 성인으로 존재할 수 있었다.

당시에 나는 사고력이 없어서 심리 상태를 가늠하지 못했다. 그래서 선생님이 처음 나를 가르칠 적에는 나의 뇌 속에서 일어나는 어떤 변화나 과정도 인식하지 못했다. 나는 그저 선생님이 가르쳐준 손가락 동작으로 내가 원하는 것을 더 쉽게 얻는 데서 커다란 기쁨을 느꼈을 뿐이다. 나는 사물, 특히 내가

◁ 앤 설리번(오른쪽)과 헬렌 켈러. 1897년.

원하는 사물만 생각했다. 보다 큰 규모로 아이스크림 제조기가 돌아갔다. '나(I)'와 '나에게/나를(me)'의 의미를 배워 내가 어떤 존재라는 것을 깨닫자 생각을 하기 시작했다. 그리하여 내게 의식이 존재하게 됐다.

요컨대 나에게 앎을 가져다준 것은 촉각이 아니었다. 다름 아닌 내 정신이 눈을 뜬 덕분에 내 감각의 가치를 알게 됐고 감각을 통해 사물, 이름, 특성, 속성을 인식하게 됐던 것이다. 그리고 생각을 통해 사랑과 기쁨을 비롯한 온갖 감정을 알게 됐다. 나는 처음에는 그저 알고 싶었고, 그 다음에는 이해하고 싶었고, 나중에는 알아서 이해한 것을 반추하고 싶었다. 그리하여 전에 내 감각의 명령에 따라 나를 사방팔방으로 몰아댔던 맹목적 충동이 영원히 사라져버렸다.

나는 첫인상이 추상적 개념으로 바뀌는 점진적이고 미묘한 변화를 다른 어느 누구보다 명료하게 설명하지는 못한다. 하지만 나의 물질적 개념, 다시 말해 물질적 대상에서 이끌어낸 개념이 처음에는 촉각으로 얻은 개념과 비슷하다는 사실은 안다. 이 개념은 곧바로 지적인 의미로 바뀐다. 나중에는 그 의미가 이른바 '내적 언어(內語)'로 표현된다. 어릴 적 나의 내적 언어는 내적 철자였다. 요즘도 자주 혼자서 손가락으로 철자를 그려보는데, 대개는 입술로 혼잣말을 함께 한다. 사실 말하는 법을 처음 배웠을 때는 내 마음에서 손가락 상징이 사라져 속으로 발음을 정확하게 하기 시작했다. 하지만 다른 사람이 내게 한 말을 떠올릴 때는 내 손에 철자를 그린 그의 손을 의식한다.

나는 내가 자신을 발견했던 세상의 첫인상이 어떠했느냐는 질문을 종종 받는다. 하지만 첫인상에 대해 조금만 생각해보면 이 질문이 얼마나 어려운 것인지 알 수 있다. 인상은 부지불식 간에 생겨나서 변해버린다. 그래서 어릴 적 일이라고 여겨지는 것이 어릴 적에 실제로 경험한 것과 상당히 다를 수 있다. 다만 교육받고부터는 내가 인식한 만큼의 세계가 온통 살아 있었다 는 것만은 분명하다. 나는 장난감 블록과 개들에게 철자를 그려 말을 했다. 또 꽃이 꺾인 식물을 불쌍하게 여겼다. 식물이 꽃이 꺾여 아파할 뿐만 아니라 꽃을 잃어 슬퍼할 거라 생각했 기 때문이다. 나는 그것들과 부딪치거나 그것들을 밟을 때마다 사과했다. 그리고 그로부터 2년이 지나고 나서야 내 개들이 내 말을 이해하지 못한다는 사실을 깨달았다.

경험이 넓어지고 깊어지면서 유년의 막연하고 공상적인 감 정이 명확한 생각 속에 자리를 잡아 갔다. 나는 만질 수 있는 세계인 자연 속으로 흠뻑 빠져들었다. 나는 우리가 오직 자기 자신의 감정과 생각만 알 수 있을 뿐이라고 한 철학자들의 단 언을 믿는 편이다. 좀더 창의적으로 추론해보면 자신의 변치 않는 내적 감각이 고스란히 반영된 이미지를 물질세계에서 쉽 사리 발견할 수도 있다. 어떤 범주에서든 자기 인식은 의식의 조건이자 한계이다. 어쩌면 그렇기 때문에 많은 사람들은 자기 경험의 좁은 범위를 넘어서는 것에 대해서는 아는 게 거의 없는지 모른다. 그들은 자기 내면을 들여다본들 아무것도 발견하지 못한다! 그래서 그들은 자기 바깥에도 아무것도 없다는 결론을 내린다.

그런데 가능할지 몰랐으나, 나중에 나는 내 감정과 감각의 이미지를 다른 사람들에게서 찾게 됐다. 그래서 내적 감정이 드러나는 외적 징후를 익혀야 했다. 두려움에 깜짝 놀라는 모습, 고통을 억지로 참느라 긴장한 모습, 행복한 근육의 떨림을 다른 사람들에게서 감지해야 했고, 내 자신의 경험과 비교도 해야 했다. 그리하여 내 경험을 더듬어 다른 사람의 감지할 수 없는 정신을 찾아냈다. 확신 없이 손으로 더듬거리다가 마침내 내 정체성을 발견했다. 다른 사람들에게서 거듭하여 내 생각과 감정을 발견하고 나서는 점차 인간이 있는 나의 세계와 신이 있는 나의 세계를 만들어갔다. 나는 글을 읽고 공부하면서 이 것이 다른 모든 사람들이 이미 거쳐간 과정임을 깨닫는다. 인간은 자기 내면을 들여다보다가 때가 되면 세상 만물의 척도와 의미를 알게 된다.

보다 관대한 허용

삶, 열정적이고 도도한 삶의 한복판에서, 환경이라는 거친 바위에 족쇄가 채워진 시청각장애인 아이가 자기를 둘러싼 무한 허공 속에 마치 거미처럼 생각의 가느다란 실을 풀어놓는다. 아이는 끈기 있게 어둠을 탐색한다. 그래서 자신이 살고 있는 세계에 대한 지식을 쌓고, 항상 햇살이 빛나고 새들이 노래하는 그 세계의 아름다움을 비로소 정신으로 느낀다. 어둠은 시각을 잃은 아이에게 호의적이다. 어둠 속에서 그에게는 괴상하거나 끔찍한 것이 보이지 않는다. 어둠은 이 아이에게 친숙한 세계이다. 심지어 여기저기를 손으로 더듬거리고, 비틀거리며 걷고, 다른 사람들의 도움을 받는 것도 이 아이에게는 낯설게 느껴지지 않는다. 그는 어둠에 가려 자기가 볼 수 없는 즐거

움이 얼마나 많은지 모른다. 타인의 경험이라는 저울로 자기 삶의 무게를 달아보기 전까지는 영원히 어둠 속에 산다는 것이 무엇인지 깨닫지 못한다. 하지만 지식을 통해 그 쓰라린 사실을 알게 되면 위안을 얻을 수도 있다. 영혼의 빛, 즉 다가올 밝은 낮을 기약할 수도 있다.

시청각장애인 아이를 비롯한 시각장애인 아이도 정상인 조상들의 정신, 다시 말해 오감에 맞춰진 정신을 물려받는다. 따라서 틀림없이 그도, 설령 이전에 몰랐더라도, 자신이 배운 언어를 통해 알게 되는 빛, 색, 소리의 영향을 받는다. 정신 속에 그런 언어를 받아들일 자리가 이미 준비되어 있기 때문이다. 인류의 두뇌에는 색이 너무나 잘 배어 있어서 시각장애인의 언어에도 색이 밸 수 있다. 내가 생각하는 모든 사물은 연상과 기억 속의 그 사물이 지닌 색조로 물든다. 정상인 사람들의 세계에 사는 시청각장애인의 경험은 낯선 언어로 이야기하는 원주민들의 섬에 살게 된 뱃사람의 경험과 비슷하다. 그 뱃사람의 삶은 이전의 삶과 다르게 마련이다. 뱃사람은 혼자이고, 원주민은 여럿이다. 타협의 여지가 없다. 뱃사람은 원주민의 눈으로 보는 법을 배워야 하고, 원주민의 귀로 듣는 법을 배워야 하고, 원주민의 사고방식을 배워야 하며, 원주민의 이상을 따르는 법도 배워야 한다.

자신을 둘러싼 어두운 침묵의 세계가 햇빛이 비치고 소리가

◁ 앤 설리번(뒤쪽)과 함께 뉴욕에서 알렉산더 그레이엄 벨(오른쪽)을 만난 헬렌 켈러. 1894년.

진동하는 세계와 본질적으로 다르다면, 시청각장애인은 그 세계를 이해할 수 없을 뿐만 아니라 거론할 수도 없다. 시청각장애인의 감정과 감각이 정상인의 것과 근본적으로 다르다면, 정상인의 감정과 감각은 그들과 비슷한 감정과 감각을 지닌 사람 외에는 아무도 상상조차 못할 것이다. 시청각장애인의 내적 의식이 정상인의 것과 완전히 다르다면, 시청각장애인은 그들의 생각을 짐작할 길이 없을 것이다. 시각장애인의 정신은 감각 결여를 허용하지 않는다는 점에서 정상인의 정신과 본질적으로 같다. 그래서 시각장애인의 정신은 잃어버린 신체 감각을 대체할 어떤 것을 채워넣고야 만다. 외부의 것과 내면의 것 간의 유사성, 보이는 것과 보이지 않는 것 간의 대응을 감지해내고야 만다. 나는 많은 관계를 확인하는 데 이런 대응을 이용한다. 그리고 볼 수 없는 것들까지 대응을 얼마나 멀리 확장해가든 그 대응이 도중에 깨지는 법이 없다.

실용적 가설로서의 대응은 현상계 전반에 걸친 모든 삶에 적용할 수 있다. 생각의 번뜩임과 그 속도감은 하늘을 지나가는 혜성의 번뜩임과 속도감에 대응한다. 내면의 하늘이 열려 광대한 천체 공간이 나타나면, 나는 그곳으로 나아가 마음속 별들의 이미지로 가득 채운다. 진리는 내 생각을 밝혀주고 인도한다. 그리고 나는 그 밝음과 인도를 통해 진리를 깨우친다. 나는 밝음이 무엇인지 알기에, 빛이 눈에 어떻게 보일지도 상상할 수 있다.

　이따금 내가 "이런, 내 실수가 보여!"라든가 "그의 삶은 얼마나 어둡고 기운 없을까!"라고 말하며 깜짝 놀라는 이유는 언어 관습 때문이 아니라 강렬한 현실감 때문이다. 나는 이것이 은유라는 것을 안다. 하지만 은유로 표현할 수밖에 없다. 우리 언어에 이런 은유를 대체할 말이 없기 때문이다. 시청각장애인의 의사소통을 위한 은유는 존재하지도 않고 필요도 없다. 나는 '반사하다'라는 말을 비유적으로 이해할 수 있기 때문에 '거울'이라는 말에 당황한 적이 없다. 나는 감각 결여로 일부밖에 감지하지 못한 사물을 상상력으로 인식하는 방식을 통해 안경이 어떻게 사물을 확대하고, 더 가깝거나 더 멀어 보이게 하는지 이해할 수 있다.

　만약 내가 이런 대응과 내적 감각을 사용할 수 없고, 단편적이고 산만한 촉각 세계에 갇혀 버린다면, 나는 날개를 퍼덕이며 이리저리 방황하는 박쥐나 다름없어진다. 내가 시각, 청각, 색, 빛, 경치, 수많은 현상, 악기와 거기에서 나오는 아름다운 음악, 이런 것들을 표현하는 모든 말을 잊어버렸다고 해보자. 그러면 나는 지식 습득에서 얻는 놀라움과 즐거움이 엄청나게 줄어들어 괴로울 것이다. 또한 감정이 무뎌져 눈에 보이지 않는 사물에서는 감동을 느끼지 못하는 더 끔찍한 상실도 겪을 것이다.

대응의 타당성을 반박할 만한 것이 있는가? 시각장애인의 두뇌가 어느 부위든 열린 채 비어 있기라도 한가? 어떤 심리학자가 시각장애인의 정신을 조사하고 나서 "여기에는 감각이 전혀 없군."이라고 말할 수 있겠는가?

나는 견고한 땅을 밟는다. 나는 향기로운 공기를 호흡한다. 그리고 이 두 가지 경험으로부터 무수한 연상과 대응을 만들어 낸다. 나는 감지하고, 느끼고, 생각하고, 상상한다. 그래서 수없이 많고 다양한 인상(印象), 경험, 개념을 연상한다. 뇌 속의 노련한 장인(匠人)인 상상력을 이용해 이런 요소들을 결합하면 어떤 이미지가 만들어진다. 그런데 회의론자들은 나에게는 그런 이미지가 없다고 한다. 왜냐하면 나는 내 생각이 낳은 아이의 변화무쌍하고 사랑스러운 얼굴을 육신의 눈으로 볼 수 없기 때문이다. 회의론자는 정신의 거울을 깨려 한다. 이런 정신 파괴자는 내 정신을 비하하고 나로 하여금 물질적 대상에서 패배감을 느끼게 한다. 그로 인해 내가 애를 태우는 동안 회의론자는 나에게 현실이라는 박차를 가해 괴롭히고 못살게 군다. 만약 내가 그의 언행에 연연하면, 아름다운 대지는 사라져 무(無)가 되고, 내 손아귀에는 목적도 영혼도 없는 죽은 물질 덩어리만 남을 것이다. 그러나 육체가 프로메테우스의 바위에 산 채로 붙박혀 있다 하더라도, 하늘의 원기충천한 사냥꾼(정신)은 우주의 환하고 드넓은 길을 계속 따라갈 것이다.

볼 수 없다고 내면의 시력이 제한될 리는 만무하다. 나의 지적 지평선은 무한히 넓다. 그 지평선이 에워싸고 있는 세계 또한 무한하다. 나더러 부족한 감각이 미치는 좁은 영역에만 머물라고 을러대는 이들이여! 윌리엄 허셜(1738~1822, 독일 출신의 영국 천문학자, 항성천문학의 기초를 세움)에게 자신의 항성 우주를 덮어버리고 플라톤의 '투명한 구체(球體)를 에워싼 단단한 하늘'을 돌려달라고 요구할 것인가? 아니면 찰스 다윈에게 무덤에서 나와 자신의 지질학적 시간일랑 지워버리고 (성서에 근거한) 얼마 되지 않는 수천 년의 시간을 돌려달라고 명령할 것인가? 아, 오만방자한 의심가들이여! 늘상 그대들은 용감하게 비상하는 정신의 날개를 잘라내려 한다.

한 가지 이상의 감각을 상실했다고 해서, 혹자들의 생각처럼, 이정표나 도표(道標)도 없는 황야로 내쫓기지 않는다. 시각장애인은 자기 뒤로 문이 닫혀 있는 정상 세계를 이해하는 데 필수적인 모든 능력을 지닌 채 어두운 환경 속에 있는 것이다. 시각장애인은 자기 환경의 모든 곳이 햇빛 비치는 세계와 똑같다는 사실을 알게 된다. 왜냐하면 내면 세계와 외부 세계 사이에는 유사성이 무궁무진하여, 이런 유사성과 대응에 해당하는 내면 세계의 모든 것이 자신이 실제로 살아가는 데 필요한 모든 것과 동일하다는 사실을 깨닫기 때문이다.

종교와 철학에서 시각장애인에게 강제하는 본분(本分)을 곰

곰이 생각해보면 대응이나 상징 같은 것들의 필요성이 더 절박해 보인다.

정상인들은 시각장애인이 성서를 정신적 행복을 얻기 위해 읽는다고들 생각한다. 그런데 성서는 온통 구름, 별, 색, 아름다움에 대한 언급으로 가득하다. 또 대개 이런 언급은 그것들이 등장하는 이야기나 메시지의 의미를 이해하는 데 필수적이다. 여기서 성서를 믿는 정상인들의 모순에 주목해야 한다. 그들은 성서를 믿으면서도, 시각장애인이 자기가 보지 못하는 것에 대해 말할 권리는 부정한다. 아울러 시각장애인이 그들이 보지 못하는 것에 대해 말할 권리 또한 부정한다. 내 마음이 "바람 날개를 타고 내리덮치셨다. 몸을 어둠으로 감싸시고, 비를 머금은 구름을 두르고 나서시니"[22]라고 노래하는 것을 누가 막는단 말인가?

철학은 오감을 신뢰할 수 없다고, 시각의 오류를 바로잡고 착시를 밝혀내는 이성의 작업이 중요하다고 끊임없이 지적한다. 오감을 믿을 수 없다면 세 가지밖에 안 되는 감각은 어련할까! 우리 세계의 절대적 요소인 빛, 소리, 색을 무엇으로 대체할 수 있을까? 그것들이 이제 우리에게 유용한 존재가 아님을 어떻게 알 수 있을까? 철학자들이 물질적 전체를 볼 수 없는데도 세계의 실체를 당연하게 여기고 있으니, 우리는 빛, 소리, 색의 실체를 당연하게 여겨야 한다.

◁ 벽난로 위에 놓인 꽃병 속의 꽃을 만지고 있는 헬렌 켈러. 1907년.

지금도 여전히 타당해 보이는 고대 철학의 주장이 있다. 정상인과 마찬가지로 시각장애인에게도 절대자가 존재해서, 우리가 참이라고 아는 것에 진리를 부여하고, 정연한 것에 질서를 부여하고, 아름다운 것에 미(美)를 부여하고, 만져서 알 수 있는 것에 형태를 부여한다. 만약 이것을 인정한다면, 이 절대자는 불완전하지도, 불충분하지도, 불공정하지도 않다. 따라서 이 절대자는 감각 결여에서 비롯된 증거의 한계를 넘어서고, 보이지 않는 것에 빛을 부여하고, 침묵 때문에 따분해진 가극에 음악을 불어넣고야 만다. 그러면 정신을 통해 우리는 지적 질서가 있고 아름답고 조화로운 세계에 존재한다는 사실을 인정하게 된다. 지적 질서, 아름다움, 조화라는 개념들의 본질 또는 절대성은 무질서, 악, 불화의 부류에 드는 반대 것들을 반드시 없애버린다.

따라서 시각 상실과 청각 상실도 철학적으로는 현실 세계인 비물질적 정신에 존재하지 않게 되어, 쉽게 소멸하는 육체적 감각과 더불어 내쫓기고 만다. 그러고 나면 눈에 보이는 사물이 상징하는 (보이지 않는) 실체가 내 마음 앞에서 빛을 발한다. 또 내가 불안한 발걸음으로 방을 서성이는 동안, 내 정신은 독수리 날개를 펼쳐 하늘로 날아올라 영원한 아름다움의 세계를 천리안으로 내려다본다.

꿈의 세계

    사람들은 모두들 자신의 꿈은 진지하게 받아들이지만, 아침 식사 자리에서 다른 사람이 지난밤 꿈속의 모험에 대해 말을 꺼내면 하품을 한다. 그래서 나도 내 꿈 이야기를 하기가 망설여진다. 독자를 지루하게 만드는 것은 문학적 죄이고, 먼 나라에 대한 사실을 전하면서 완전하고 정확한 진리보다 요점과 간결성에 더 치중하는 것은 과학적 죄이기 때문이다. 심리학자들은 자신들이 수많은 불도그처럼 목줄로 붙들어 매놓은 이론과 사실의 떼거리를 훈련시켰다가, 우리가 꿈의 실현 가능성이라는 곧고 비좁은 길을 나설 때마다 그것들을 풀어놓는다. 그래서 누구든 즐거운 꿈 이야기를 할 때조차 그 꿈을 제멋대로 고친 게 아니냐는 의심을 어김없이 받는다. 마치 그런 꿈 편집이 쓸모 있고 훌륭한 일이 아니라 인간의 일곱 가지 대죄 가운데 하나라도 되는 것처럼! 그러니 내가 그저 아침식사 자리에서 이야기하는 꿈으로 이해해주기를 바란다. 그리고 과학적 기준에 따라 고치고 말고 한 것도 없다.

나는 과학적인 사람들과 여타 사람들이 나에게 항상 내 꿈에 대해 묻는 이유가 뭔지 궁금하곤 했다. 하지만 이제는 궁금하지 않다. 그들 중 몇몇이 시청각장애인이 깨어 있는 동안 어떤 경험을 한다고 생각하는지 알게 됐기 때문이다. 그들은 내가 팔 닿는 영역에서 조금밖에 떨어져 있지 않은 물체조차 거의 감지하지 못한다고 생각한다. 그들이 생각하기에 나에게는 외부의 모든 것이 막연하고 흐릿하다. 나무, 산, 도시, 바다, 심지어 내가 사는 집조차도 상상 속의 가짜, 즉 막연한 비존재에 지나지 않는다. 그러니 과학적인 사람에게는 내 꿈이 색다른 관심거리일 것이다. 어떤 막연한 방식으로 그들은 내가 사는 세계가 평평하고, 형체가 없고, 색도 없고, 원근감도 없고, 거의 붐비지도 않고, 거의 견고하지도 않은 곳, 다시 말해 너무나 너무나 적막한 공간이라고 입방아를 찧을 것 같다. 그렇다면 무한하고 보이는 게 없고 고요한 허공을 말로 표현할 수 있는 이는 누구일까? 그는 필경 그런 실체 없는 경험에서 뭔가를 이끌어낼 수 있는 육체 없는 존재일 것이다. 내가 생각하기에, 우리가 세계나 꿈을 이해할 수 있으려면 상상의 씨실에 실체의 날실을 짜넣어야 한다. 상응하는 실체가 없는 대상은 꿈에서조차 상상할 수 없다. 유령은 언제나 누군가를 닮기 마련이다. 그리고 비록 모습을 드러내지 않더라도 유령은 우리에게 아주 친숙한 곳들에 존재할 것으로 여겨진다.

우리는 잠자는 동안 아직까지는 과학적 탐구가 이루어지지 않은 이상하고 신비한 영역으로 들어간다. 과학자는 상식적인 법칙과 실험으로는 잠의 경계를 넘어 들어갈 수 없을지 모른다. 잠은 신체 감각의 모든 문을 아주 부드럽게 걸어 잠그고, 생시 생각의 통제자인 의식적 의지를 진정시켜 편안히 쉬게 한다. 그러면 정신은 이성의 건장한 팔을 뿌리치고 헤어나 날개 달린 말처럼 단단한 초록빛 대지를 박차고 바람과 구름 위로 날아오른다. 하지만 정신은 어떤 흔적도 발자국도 남기지 않아 우리는 과학으로 그 비행을 추적할 수도 없고 우리가 밤에 찾아가는 어슴푸레한 먼 나라에 대한 지식을 캐낼 수도 없다. 그래서 꿈나라에서 돌아오더라도 그곳에서 접한 것들에 대해 말이 되는 이야기를 한마디도 할 수가 없다. 하지만 일단 잠의 경계를 넘어가면 우리는 마치 언제나 그곳에 살아서 한 번도 햇빛 비치는 이성적인 이 세계를 여행한 적이 없는 것처럼 편안해한다.

내 꿈은 다른 사람들의 꿈과 그다지 다른 것 같지 않다. 서로 연관성이 있어서 하나의 사건이나 결론으로 이어지는 꿈도 있고, 터무니없고 공상적인 꿈도 있다. 사람들은 다들 꿈나라에는 휴식이 없다고 자신한다. 꿈나라에서 우리는 언제나 말똥말똥하게 정신을 굴리며 온갖 모험을 한다. 그저 움직이고 애쓰고 괴로워하고 천진난만하게 즐거워할 뿐이다. 우리는 꿈에 대한 귀찮은 의심과, 꿈의 실현 가능성에 대한 성가신 억측 따위는 모두 꿈나라의 대문 앞에 내버려둔다. 나는 스스로 이상한 짓을 하고 있는지는 거의 알아차리지 못한 채, 바람을 타고 나타났다가 사라지는 구름 위를 유령처럼 떠돈다. 나의 꿈나라에는 경험에 비추어 완전히 낯설거나 전혀 새로운 것이 거의 없다. 무슨 일이 일어나든, 아무리 해괴망측한 상황이 벌어지든 나는 놀라지 않는다. 실제로는 한 번도 가본 적 없는 낯선 땅을 찾아가서, 한 번도 들어본 적 없는 언어를 사용하는 사람들과 대화한다. 하지만 서로 완벽하게 이해한다. 정처 없이 다니면서 어떤 장소나 집단 속에 가더라도 마찬가지로 동질성을 발견한다. 우연히 배거본디아[23]에 가게 되더라도 길거리나 술집의 유쾌한 사람들과 함께 즐겁게 떠들며 논다.

　나는 꿈속에서 단번에 의사소통할 수 없었던 사람들을 만난적이 없다. 꿈속 등장인물들이 하는 행동에 놀라거나 충격을 받은 기억도 없다. '잠의 나라'[24]의 어둑어둑한 숲 속에서 방황할 때도 내 정신은 모든 것을 당연하게 여기고 사나운 유령에도 익숙해진다. 나는 좀처럼 당황하지 않는다. 모든 것이 대낮

행복해지는 가장 간단한 방법

처럼 선명하다. 사건이 일어나면 곧바로 파악하고, 어디로 발길을 돌리든 정신이 늘 충실한 안내자이자 통역자가 된다.

나는 모든 사람이 꿈속에서 갑자기 원하는 뭔가를 다급하게 찾는 짜증나고 쓸모없는 경험을 한다고 생각한다. 그 뭔가를 찾아 그것이 숨어 있는 곳까지 가다 보면 실패할 때마다 속상하고 지치게 마련이다. 이따금 나는 머릿속이 핑그르르하도록 기어오르고 또 기어오르는데, 어디로 왜 가는지는 모른다. 뭔가를 붙잡으려고 맹목적으로 몇 번이고 안간힘을 쓰지만, 그 고통스럽고 막무가내인 노력을 그만둘 수가 없다. 물론 꿈이 고약할 때는 가까이에 아무것도 없다. 나는 허공을 부여잡다가 아래로, 계속 아래로 추락한다. 그러다가 결국에는 내가 너무나 위험하게 떠 있는 그 공중으로 서서히 사라지고 만다.

어떤 꿈들은 여러 겹의 동심원처럼 한 꿈이 다른 꿈 안에 그려진 듯하다. 잠자고 있으면서도 잠이 오지 않는다고 생각한다. 마무리되지 않은 일을 하느라 이리저리 몸을 뒤척인다. 그러다가 일어나서 잠시 책을 읽으려고 한다. 읽고 싶은 책이 내 서재의 어느 서가에 있는지 안다. 책에 제목이 없지만 어렵지 않게 찾아낸다. 그러고는 안락의자에 편히 앉아 거대한 책을 무릎 위에 펼친다. 내가 이해할 수 있는 단어는 하나도 없고, 책장(冊張)이 온통 비어 있다. 나는 놀라지는 않지만 몹시 실망한다. 손가락으로 책장을 매만지며 그 위로 애틋하게 몸을 숙

안락의자에 앉아 꽃병을 만지고 있는 헬렌 켈러. 1909년.

이니 손에 눈물이 떨어진다. '책이 젖으면 점자(點字)가 뭉개질 텐데'라는 생각이 들자 재빨리 책을 덮는다. 하지만 책장에는 손으로 만질 수 있는 점자가 한 글자도 없다!

오늘 아침에는 내가 깨 있다고 생각했다. 늦잠을 잔 것이라 확신했다. 시계를 보니 더 확신이 갔다. 평소 기상 시간보다 한 시간이 늦었다. 아침식사가 이미 준비됐을 거라 허겁지겁 일어났다. 어머니를 찾았더니 내 시계가 틀린 게 분명할 거라 했다. 또 어머니는 내 시계가 그렇게까지 늦어질 리 없을 거라고도 했다. 나는 다시 내 시계를 보았다. 그런데 이런! 내 손이 흔들리고, 빙글빙글 돌고, 윙윙 소리를 내더니 사라져버렸다. 나는 놀란 만큼 정신이 번쩍 들어 잠에서 완전히 깼다. 마침내 정말 눈을 떴고 내가 꿈꿨다는 사실을 알았다. 그저 잠 속에서 깨 있었을 뿐이다. 더욱 당황스러운 점은 가짜 생시의 의식과 진짜 생시의 의식 간에 차이가 없다는 것이다.

우리가 보고, 느끼고, 읽고, 해낸 모든 것이, 바다에 빠졌던 사물들이 물 위로 떠오르듯 갑자기 꿈속 환영으로 떠오를 수 있다고 생각하니 두려웠다. 나는 폭동의 와중에 어린아이를 팔에 안은 채, 러시아 군인들에게 유대인들을 학살하지 말라고 애원하며 열변을 토했다. 나는 세포이 항쟁[25]과 프랑스 혁명의 험난한 광경들을 되살려냈다. 눈앞에서 도시가 불탔고, 불길과 싸우다 기진맥진해졌다. 그리고 유대인 대학살이 세계에서 자행되는 가운데, 나는 친구를 구하려고 헛되이 몸부림만 쳤다.

한번은 꿈에서, 겨울이 북극에서부터 세계를 내리덮쳐 북극권이 우리의 온화한 기후에까지 확장되고 있다는 풍문이 육지와 바다에 빠르게 전파됐다. 풍문은 멀리 널리 퍼졌다. 그리고 한여름에 바다가 얼어붙었다. 수많은 배들이 순식간에 얼음에 갇혔는데, 크고 흰 돛단배들도 그렇게 갇혔다. 동양의 재물과 '황금 서부'(캘리포니아 지역의 별칭)의 풍성한 수확물이 더 이상 국가 간에 오갈 수 없었다. 엄동설한에도 얼마간은 나무와 꽃이 자랐다. 새들은 안전한 둥지로 피난했다. 하지만 겨울에 엄습당한 새들은 눈 위에 엎어진 채 헛된 날갯짓을 해댔다. 급기야 잎과 꽃이 겨울의 앞발치에 우수수 지고 말았다. 꽃잎이 루비빛과 사파이어빛으로 변했다. 잎은 얼어서 에메랄드빛으로 변했다. 서리가 나무껍질과 수액 그리고 뿌리 속으로 파고들자 나무는 신음하며 가지를 떨어댔다. 나는 몸을 부르르 떨며 잠에서 깨어났다. 그러고는 기뻐서 어쩔 줄 모르며, 여름 햇살을 받아 피어오르는 수많은 달콤한 아침 향기를 들이마셨다.

호랑이를 사냥하려고 아프리카의 밀림이나 인도의 숲을 찾아갈 필요가 없다. 누구든 폭신한 베개를 베고 침대에 누운 채, 인적 없는 야생 속의 무서운 호랑이를 꿈꿀 수 있다. 내가 꼬맹이 소녀였을 때 일이다. 어느 날 밤 나는 앨라배마에 있는 이모네 집 앞 정원을 가로질러 가려 했다. 꼬리가 북슬북슬한 커다란 고양이를 쫓고 있었다. 그 녀석은 몇 시간 전에 발톱으로 내 귀여운 카나리아를 새장에서 끄집어내, 날카로운 이빨로 잔혹하게 씹어댔다. 고양이는 보이지 않았다. 하지만 내 마음속의 생각은 분명했다.

"녀석은 정원 끝의 긴 풀 쪽으로 가고 있어. 내가 먼저 가 있어야지!"

나는 울타리를 손으로 짚어가며 길을 따라 빨리 달렸다. 내가 긴 풀 있는 곳에 다다르자 고양이는 요리조리 미끄러지듯 유연하게 움직였다. 나는 앞으로 확 달려들어서 녀석을 잡아 녀석의 이빨에 물려 있는 내 새를 빼내려 했다. 그런데 세상에나, 절대 고양이는 아닌 거대한 짐승이 풀 속에서 뛰쳐나오더니 엄청난 힘을 실은 건장한 어깨로 나를 덮쳤다. 그 짐승의 쫑긋 선 귀는 부르르 떨리며 분노를 보였다. 눈은 이글거렸다. 콧구멍은 크고 축축했다. 입술은 무섭게 실룩거렸다. 나는 그 짐승이 호랑이임을, 진짜 살아 있는 호랑이임을 알아챘다. 또 내 귀여운 새와 내가 잡아먹히리라는 것도 알았다. 그 다음에 무슨 일이 있었는지는 모른다. 꿈속에서는 그 다음 중요한 일이 거의 일어나지 않는다.

얼마 전에 꾼 꿈은 느낌이 정말 생생했다. 이모가 나를 찾을 수 없다며 울고 있었다. 하지만 나는 이모와 다른 사람들이 나를 찾고 있다는 생각에 개구쟁이처럼 좋아했다. 나를 찾아 외치는 목소리가 발로 느껴졌다. 그런데 갑자기 장난기가 사라지면서 불안하고 두려워졌다. 한기도 들었다. 공기에서는 얼음과 소금기가 느껴졌다. 나는 달리려 했다. 하지만 긴 풀에 걸려 앞으로 엎어지고 말았다. 나는 고대로 있으면서 온몸의 감각을 느꼈다. 조금 뒤 손가락에 감각이 모이는 듯했다. 풀잎이 칼처럼 날카로워 손을 심하게 다칠 것만 같았다. 그래서 날카로운 풀잎에 베이지 않게 조심스레 몸을 일으키려 했다. 마치 새끼 고양이가 뒤뜰의 우거진 수풀에 첫발을 내딛듯 한 발을 살짝 내딛었다.

그런데 더럭 뭔가가 나를 노리고 몰래 살금살금, 살금살금 다가오는 게 느껴졌다. 그때 어떻게 그런 느낌이 들었는지는 모른다. 나를 노리는 이유도 알 수 없었다. 하지만 나를 두렵게 한 것은 다가오는 짐승이 아니라 '악의' 그 자체였다. 나는 생명체를 무서워하지 않았다. 아버지가 기르던 개들, 까불거리던 귀여운 송아지, 점잖은 암소, 내 손에 놓인 사과를 먹는 말과 노새를 좋아했고, 그중 어느 동물도 내게 해코지를 한 적이 없었다.

나는 몸을 낮추고는 녀석이 긴 발톱을 세워 내 살을 찍을까봐 두려워 숨죽인 채 가만히 있었다. 나는 '칠면조 발톱일 것 같은데'라고 생각했다. 그런데 따뜻하고 촉촉한 뭔가가 얼굴에 와닿았다. 나는 비명을 지르며 미친 듯이 내달렸다. 그러다 잠에서 깼다.

하지만 뭔가가 아직도 내 품에서 발버둥치고 있었다. 나는 그것을 힘껏 붙잡았다가 결국 지쳐서 풀어주고 말았다. 사랑스런 늙은 세터(원산지가 스코틀랜드인 사냥개 또는 애완견의 일종) 벨이 몸을 부들부들 떨면서 나를 원망스럽게 바라보고 있었다. 벨과 나는 바닥 깔개 위에서 함께 잠도 자고 꿈속의 숲도 함께 돌아다녔다. 그 숲에서는 개들과 어린 소녀들이 야생 조수(鳥獸)를 사냥하고 이상한 모험을 했다. 우리가 꼬마 요정 적들과 싸울 때는 벨이 귀부인 사냥꾼처럼 멋들어지게 개들을 이끌고 온갖 전술을 구사했다.

벨도 꿈을 꾸었다. 벨과 나는 오래된 정원에서 나무와 꽃 아래 누워 있곤 했다. 목련 잎이 가볍게 툭 하고 떨어질 때마다 벨은 그 소리를 자고새 소리로 여겨 벌떡 일어섰는데, 나는 그 모습이 재미있어 웃곤 했다. 벨은 떨어진 목련 잎을 찾아 물고 와서는 내 발치에 내려놓았다. 그러면서 "이게 바로 감히 나를 깨운 새 나부랭이야."라고 말하듯 꼬리를 살랑살랑 흔들어댔다. 나는 아름다운 푸른색 오동나무 꽃으로 만든 목걸이를 벨의 목에 걸어주고 커다란 하트 모양의 잎들로 벨의 몸을 덮었다.

사랑스러운 늙은 벨은 개들의 천국에서 연꽃과 양귀비꽃에 둘러싸인 채 오랫동안 꿈을 꾸었다.

어릴 적부터 종종 꿔온 꿈도 있다. 자주 반복되는 한 꿈은 이런 식으로 진행된다. 어떤 혼령이 내 얼굴 앞을 지나가는 듯하다. 나는 엔진에서 뿜어져 나오는 배기가스처럼 뜨거운 열기를 느낀다. 악의 화신이다. 이 꿈은 내가 화상을 입을 뻔한 날 이후에 처음 꾼 것이 분명하다.

나에게 자주 나타나는 또다른 혼령에서는 차갑고 축축한 느낌이 든다. 마치 11월 밤에 열린 창문으로 들어오는 한기 같다. 그 혼령은 내 손이 닿지 않는 곳에 멈춰서는 꺼이꺼이 슬퍼하는 사람처럼 몸을 숙였다 펴곤 한다. 내 피는 차가워져서 마치 혈관 속에서 얼어붙을 것만 같다. 움직이려 해도 몸이 꼼짝을 않고 소리도 지를 수 없다. 조금 뒤 그 혼령이 가버리면 나는 몸서리를 치며 중얼거린다. "저승사자였어. 그분을 데려간 건 아니겠지." 여기서 그분이란 바로 나의 선생님이다.

꿈속에서 나는 실제로는 느껴본 기억 없는 것들을 느끼고, 냄새 맡고, 맛보고, 생각한다. 아마 갓난아기 시절에 내 정신이 잠이라는 베일을 쓰고 살짝 접한 것들인 듯하다. 나는 '엄청난 물이 쏟아져내리는 소리'를 듣는다. 때로는 자면서 놀라운 빛을 보기도 한다. 그 번뜩임과 광휘는 실로 굉장하다! 나는 그 빛이 사라질 때까지 뚫어지게 쳐다본다. 마치 깨어 있을 때처럼 냄새 맡고 맛을 본다. 촉각의 역할은 줄어든다. 꿈속에서는 대개 손으로 더듬거리지 않는다. 아무도 나를 인도하지 않는다. 복잡한 거리를 혼자 다닐 수 있고, 내 육신의 삶은 너무나 낯선 자립을 누린다. 물론 내가 손가락으로 철자를 그리는 일은 거의 없고, 다른 사람들이 내 손에 철자를 그리는 경우는 훨씬 드물다. 정신이 신체 감각 기관에 얽매이지 않고 자유롭게 돌아간다. 꿈속에서만이라도 이럴 수 있어서 기쁘다. 내 영혼이 날개 달린 신을 신고 날아가 신체 감각의 영역 너머에 사는 행복한 존재들과 즐겁게 어울릴 수 있기 때문이다.

나에게는 꿈속의 도덕적 모순이 유난히 거슬린다. 꿈이 점점 나만의 도덕적 기준과 어긋난다. 나는 밤마다 극단의 비윤리적 사건에 휘말린다. 목숨을 바쳐 타인을 변호하거나 한 치의 거리낌도 없이 타인을 비난한다. 꿈속에서 다른 사람들의 목숨을 구하려고 살인도 저지른다. 잊지 못할 굴욕적인 행동과 말 때문에 너무나 사랑하는 사람들을 비난하기도 한다. 그래도 악몽이 금방 잊혀서 마음의 평화에 다행스럽다. 갑작스럽고 끔찍한 죽음, 이상한 사랑과 무자비하게 뒤따르는 증오, 교활하게 계획된 복수가 아침이면 가물가물해져서 거의 기억나지 않는다. 낮에는 일상적인 정신 활동에 묻혀 사라진다. 가끔은 깨어나자마자 꿈속의 난리법석이 기억나 몹시 심란해져서, 앞으로 꿈이란 걸 꿀 수 없기를 바라기도 한다. 하지만 이런 바람을 아무리 간절히 가져 봤자 결국은 다시 혼란스러운 새 꿈속으로 빠져들고 만다.

아, 꿈이여, 내가 너에게 얼마나 모욕을 주었던가! 너는 상상할 수 있는 가장 무의미한 것이요, 시건방진 흉내쟁이요, 가증스러운 대립물의 제조자이다. 또한 제멋대로 출몰하는 불길한 새요, 따라하며 놀려대는 조롱꾼이요, 시도 때도 없이 암시를 주는 예고자요, 틈만 나면 괴롭히는 가해자요, 내 안락의자에 누운 해골이요, 무덤 속의 어릿광대, 결혼 피로연의 해골바가지요, 밤마다 정신의 치안 기능을 망가뜨리는 뇌 속의 무법자요, 내 황금 사과(그리스 신화에서 헤스페리데스가 지키는 나무에 열리는 열매)를 훔치는 도둑이요, 내 가정의 평화를 깨뜨리는 파괴자요, 수면 박탈범이다.

"아, 내 영혼을 두려움에 떨게 하는 무서운 꿈이여!" 햄릿이 꿈꾸는 위험을 감수하느니 차라리 자기가 아는 병을 앓겠다고 한 것도 이상할 게 없다.[26]

그렇다고 꿈의 세계를 없애면 그에 따른 손실은 너무 엄청나서 상상조차 할 수 없다. 시를 엮어주는 마법의 주문이 깨진다. 예술의 찬란함과 솟구치는 상상력도 줄어든다. 목표를 향해 나아가도록 자극을 주는 '결코 지지 않는 석양과 꽃'의 환영이 사라져버리기 때문이다. 마음의 용기를 얻어 시간과 공간의 한계를 간단히 뛰어넘을 수 있도록 하는 그런 (꿈속에서의) 묵인이나 묵과가 사라지면, 미래의 성과를 예측하거나 가늠할 수 없게 된다. 꿈이 완전히 사라지면, 시각장애인은 주요 위안거리 가운데 하나를 잃어버린다. 시각장애인이 보는 꿈속 장면들에는 정상인에 대한 신뢰와, 암흑의 허공 너머에 빛이 있으리라는 기대가 들어 있기 때문이다. 뿐만 아니라, 불멸에 대한 우리의 생각이 흔들린다. 인간 삶의 원동력인 신념이 차츰 꺼져간다. 이런 공허감과 황량함은 실제 세계의 파괴로부터 받는 충격보다 훨씬 더 심각하다. 사실 우리는 꿈 덕분에 우리가 의도하지 않은 생각을 하고, 자신도 모르게 이런 표현도 하게 된다.

적막한 공간 속에서 내 영혼이 본성을 회복할 수
있을 때까지, 기다란 밧줄로 큰 돛을 올려라.
그리고 의기양양하게 주(土)를 향해 달려가라.[27]

꿈과 현실

　우리가 사는 생시의 실제 세계가 꿈나라의 어슴푸레한 비현실 주위를 어떻게 맴돌고 있는지 생각해보면 놀라울 따름이다. 우리는 꿈의 모순에 대해 온갖 이야기를 하면서도 종종 꿈을 통해 사유한다. 우리는 꿈에 커다란 희망을 건다. 뿐만 아니라, 꿈에다 이상향의 얼개를 세우기도 한다. 만약 현상 속에 숨은 진리가 꿈속 환영에 상징적으로 나타난다고 확신할 수 없다면, 훌륭하고 깊이 있는 시나, 뛰어난 예술 작품이나, 어떠한 철학적 체계도 생각해낼 수 없다.

　꿈속에서는 혼란이 지배하고 비논리적 관계가 나타난다는 사실 덕분에 아서 미첼[28]과 여타 과학자들이 주장하는 이론에 타당성이 있어 보인다. 그들에 따르면, 우리의 꿈속 생각은 의지의 통제와 지시를 받지 않는다. 우리가 잠자는 동안, 억제하고 인도하는 힘인 의지는 휴식을 취하고 재충전을 하는 반면, 방향타나 나침반 없는 돛단배 같은 정신은 미지의 바다를 정처없이 떠돈다. 그런데 신기하게도 이런 환영들과 얽히고설킨 생각들을 에드먼드 스펜서(1552~1599, 영국의 시인)의 『선녀 여왕』처럼 상상력 풍부한 위대한 시들에서 찾아볼 수 있다. 찰스 램은 상상력과 꿈속 생각 사이의 유사성에 깊은 인상을 받았다. 그는 물신(物神) 마몬의 동굴에서 벌어진 (꿈속의) 에피소드를 이야기하면서 이렇게 썼다.

이 에피소드 전체가 수면 중 정신의 사고 작용을 모방한 것이라고 말하기에는 무리가 있다. 어느 정도까지 모방이기는 하지만, 그래도 대단한 모방이다! 엉뚱하고 굉장한 환영의 볼거리에 밤새 즐거웠던 최고의 공상가가 아침에 그 환영을 재구성해서 생시의 판단력으로 평가한다고 해보자. 냉정하게 따져보면, 변화무쌍하기는 해도 말이 되어 보이는 그 환영이 분명 너무나 비이성적이고 말도 안 되어 보일 것이다. 그러면 그렇게 현혹당해서 비록 잠자는 동안이지만 악마를 신으로 여긴 것이 수치스럽게 느껴진다. 이 에피소드에서 (마몬의) 변신은 터무니없기 짝이 없는 꿈만큼이나 억지스럽다. 하지만 생시의 판단력은 그 변신을 인정하고 만다.[29]

나는 생시의 세계와 꿈의 세계 간의 유사성을 정상인들보다 더 많이 느끼는 듯하다. 교육을 받기 전에는 일종의 끝없는 꿈 속에 살았기 때문이다. 그래서 아주 어릴 적 그 희미한 시절의 실상을 알려면 날마다 나를 지켜본 부모님과 친구들의 이야기를 듣는 수밖에 없다. 잠자리에 들고 아침에 혼자서 깨어나는 육체적 활동은 꿈나라에서 현실로의 이동에 지나지 않는다. 말하자면, 내가 몸으로 느낀 것은 그저 잠들어 있거나 깨어 있거나 한 상태밖에 없다. 지금 와서 생각이라고 부를 만한 정신 작용은 기억에 없다. 그래도 내 신체 감각들이 극도로 민감했던 것은 사실이다. 하지만 신체적 욕구들이 어설프게 엮인 경우를 제외하면, 신체 감각들이 서로 연관되거나 통제된 적이 없다. 신체 감각들이 거의 따로따로 놀아서 내 것이 아닌 듯했고 다른 사람들의 경험에도 무관심했다.

그런데 자의식이 깨어나는 순간, 경험에 정체성과 연속성을 부여하는 개념이 나의 잠자는 존재와 깨어 있는 존재에 들어왔다. 그전까지 내 정신은 무의미한 감각들이 난동을 부리는 무질서한 상태였다. 설령 생각이 존재했다손 치더라도 너무 모호하고 비논리적이어서 그럴듯한 이야기가 될 리 만무했다.

물론 교육을 받기 전에도 꿈을 꾸긴 했다. 촉각 경험에 아무 기억이 없는 것으로 보아 분명히 꿈이었다. 어떤 물건들이 갑자기 와르르 떨어졌다. 내 옷에 불이 붙은 걸 느끼기도 했고,

차가운 물통에 빠지기도 했다. 한번은 바나나 냄새를 맡았다. 콧속에 그 냄새가 너무 생생해서 아침에 일어나 옷도 갈아입지 않고 바나나를 찾아 식탁으로 갔다. 하지만 어디에도 바나나는 커녕 바나나 냄새조차 없었다! 사실 내 삶은 온통 꿈이었다.

　나에게는 깨어 있는 상태와 잠자는 상태가 너무나 유사하다. 두 상태에서 나는 내 눈으로는 아니지만, 본다. 내 귀로는 아니지만, 듣는다. 내 목소리로는 아니지만, 말을 하고 말을 듣는다. 물질세계에서 본 적 없는 형용할 수 없이 아름다운 환영을 보는 즐거움에 감동한다. 한번은 꿈속에서 진주를 손에 쥐었다. 물론 꿈속에서 본 그 진주는 내 상상력이 만들어낸 것이다. 그 진주는 매끄럽고 정교하게 세공된 수정 같은 구슬이었다. 아롱아롱 반짝이는 진주를 들여다보자니 그 미묘함에 내 정신은 무아지경이 되고 말았다. 마치 처음으로 장미의 멋지고 매혹적인 속을 들여다보는 사람처럼 놀라움을 금치 못했다. 내 진주는 이슬방울이자 불꽃이었고, 이끼의 벨벳 같은 초록빛과 백합의 부드러운 순백색을 발했으며, 수많은 장미를 펼쳐놓은 듯한 색조와 아름다움을 보였다. 나에게는 미(美)의 진수(眞髓)가 그 진주의 수정 같은 중심에 녹아든 듯했다.

　이런 아름다운 환영을 접하면 나의 믿음이 더 굳어진다. 나는 수많은 미묘한 경험과 연상을 통해 확립되는 정신 세계가 실제 감각 세계보다 더 완전하다고 믿는다. 내 친구들이 자줏

빛 언덕 너머로 바라보는 찬란한 석양은 경탄을 자아낸다. 하지만 정신적 시야에 펼쳐진 석양에서는 보다 오롯한 즐거움을 느낄 수 있다. 왜냐하면 우리가 아는 그리고 갈망하는 모든 아름다움이 우러러볼 만큼 잘 융합되어 있기 때문이다.

내가 생각하기에 나는 꿈속에서 다른 대부분의 사람들보다 운이 좋다. 내 꿈들을 되돌아보면 유쾌한 꿈이 월등히 많아 보인다. 원래 우리가 '잠의 나라'에서 겪는 괴상하고 환상적인 모험을 가장 생생하게 기억하고 가장 열을 올려 이야기하기는 해도 말이다. 하지만 늘 괴롭고 심란한 꿈을 꾼다는 친구들도 있다. 그 친구들은 깨어나면 지치고 기분이 나쁘다. 그들은 하룻밤만이라도 꿈꾸지 않을 수 있다면 왕국이라도 바치겠다고 내게 말한다. 그런가 하면 행복한 꿈을 평생 한 번도 꿔본 적 없다고 말하는 친구도 있다. 이 친구는 잠이라는 즐거운 영역에 침입한 낮 동안의 고단함과 걱정거리 때문에 끊임없이 헛일을 해서 지쳐버리고 만다. 나는 이 친구가 너무 딱하다. 그러므로 꿈속에서 너무나 불행한 경험을 하는 사람 앞에서 꿈꾸는 즐거움을 내세우는 것은 전혀 옳지 않다.

하지만 내가 꿈을 꿔서 얻는 이로움이 역경을 견뎌내서 얻는 이로움만큼이나 다양하고 감미로운 것은 사실이다. 내가 열망하는 모든 색다른 것, 신비로운 것, 영적인 것이 꿈에서는 충족된다. 나는 꿈 덕분에 익숙한 것과 진부한 것으로부터 벗어

날 수 있다. 순식간에, 눈 깜짝할 사이에 꿈은 내 어깨에 얹힌 짐과, 내 손에 들린 지질한 일거리와, 내 마음속의 고통과 실망을 낚아채 간다.

그러고 나면 내 꿈의 사랑스러운 모습이 보인다. 내 꿈은 유쾌한 곡에 맞춰 내 주위를 빙빙 돌며 춤을 추기도 하고, 홀가분해져서 행복해하며 사방팔방으로 날아다니기도 한다. 구석구석에서 매혹적인 환영이 갑자기 나타나고, 내가 가는 곳마다 즐겁고 놀라운 일들이 벌어진다. 행복한 꿈은 금과 루비보다 소중하다.

나는 우리가 꿈속에서 자신의 삶보다 더 폭넓은 어떤 삶을 스치듯 본다고 생각하는 편이다. 우리는 꿈속의 어떤 삶을 어린아이로서, 또는 문명국가를 방문하는 미개인으로서 바라본다. 그리하여 우리의 평범한 생각을 훨씬 넘어선 생각들을 접하게 된다. 우리가 아는 어떤 감정보다 더 고매하고 사려 깊은 감정을 느끼면서 심장이 뛸 때마다 감동한다. 순식간에 지나가는 하룻밤 동안 우리는 보다 훌륭한 어떤 삶에 매료되어 우리가 열망하는 만큼 대단해진다.

하지만 우리는 영국에 구경 갔던 아프리카인처럼 꿈속에서 우리가 본 것들을 희미하게 그것도 왜곡되게 기억한 채 일상생활의 보잘것없는 세계로 돌아오고 만다. 그 아프리카인은 나중에 자신이 큰물(바다)을 건너느라 거대한 언덕(배) 위에 있었다고 말했다. 우리가 잠자든 깨어 있든 확실히 우리의 생각에 대한 이해력은 주로 우리의 개성, 기질, 습관, 정신력에 따라 좌우된다. 하지만 꿈의 본질이 무엇이든, 꿈으로 나타나는 정신 작용은 의지의 통제를 받지 않는 정신의 작용과 비슷하다.

생시의 꿈

나는 아무 제지도 간섭도 받지 않고 마음 가는 대로 공상에 빠진 채 몇 시간 동안 앉아 있었다. 그러면서 꼬리에 꼬리를 물고 끊임없이 떠오르는 생각과 이미지를 무심코 적어나갔다. 나는 생각이 꿈속에서처럼 온갖 연상을 일으키고, 꾸불꾸불 굽이쳐나가고, 동심원을 그리고, 환영의 소용돌이 속에서 산산이 흩어진다는 것을 알아차렸다.

하루는 오후에 떠오른 몇 가지 생각으로 문학적 유희를 즐겼다. 생각이 떠오르는 서너 시간 동안 글을 썼다. 그리고 그 글은 꿈과 너무나도 비슷했다. 나는 서로 아무 상관없고 다른 생각들이 연달아 떠올랐다는 사실, 즉 내가 맨정신으로 꿈을 꿨음을 깨달았다. 차이가 있다면, 수면 중 꿈속에서의 생각과 이미지는 거의 기억할 수 없는 반면 생시의 꿈에서 떠오르는 생각의 끝없는 연속은 돌아볼 수 있다는 점이다.

생시의 꿈에서는, 볼 수 없는 어떤 무늬를 이루는 씨실과 날실에서 끊어진 실을 집어내거나, 알아볼 수 없는 어떤 나무에서 떨어져 미풍을 타고 떠도는 새빨간 이파리를 잡는다. 이런 공상을 통해 나는 생각을 여는 열쇠를 손에 쥐었다. 나는 간섭받지 않은 생시의 생각과 진짜 꿈속의 생각 간의 유사성을 드러내고자 생시의 꿈을 이렇게 적어본다.

나는 논문 한 편을 써야 했다. 그래서 내 정신이 또렷하고 고분고분하기를 바랐다. 또 그 일을 할 수 있게 정신의 모든 시녀들이 기꺼이 내 손을 움직여주기를 바랐다. 나는 내가 겪은 교육적 경험들을 학문적으로 이야기하려 했고, 특별히 최선을 다하고 싶었다. 머릿속으로 무게 있고 정통하고 아이디어가 풍부한 논문을 쓸 작업 계획을 세웠다. 더욱이 논문은 졸업장을 연상시키는 학문적 기품을 갖춰야 했다. 사각모자와 졸업 가운의 근엄함을 보여줌으로써 논문 심사자들로부터 정식으로 인정받아야 했다.

나는 서재에 틀어박혀 타자기로 내 삶의 이력을 풀어내기로 했다. 하지만 알렉산더가 아버지 필리포스가 양성한 훌륭한 군대를 이끌고 아시아를 정복할 자신이 없었던 것처럼, 나 또한

사각모자를 쓰고 졸업 가운을 입은 헬렌 켈러. 1904년.

질서와 순종적 생각 안에서 나만의 정신적 집을 찾아낼 자신이 없었다. 내 정신은 너무 오랫동안 휴가를 떠났었다. 나는 한 시간가량 지나고 나서야 나만의 정신적 집으로 돌아왔다. 내 입장은 마치 먼 지방으로 떠났다가 집으로 돌아오면서 모든 것이 떠날 때와 똑같기를 바라는 집주인의 입장과 비슷했다. 하지만 집주인이 집에 돌아와보니 하인들이 파티를 열고 있어서 난리 법석이었다. 바이올린 소리에 맞춰 춤을 추는 데다 사람들의 떠드는 소리가 왁자지껄했다. 그래서 집주인의 목소리가 들리지 않았다. 그는 소리를 지르고 문을 두드렸지만 문은 잠긴 채 열리지 않았다.

내가 꼭 그 처지였다. 나는 나팔을 요란하고 길게 불었다. 하지만 생각의 부하들은 내가 든 깃발 아래로 집결하지 않았다. 부하들은 저마다 단짝의 허리에 팔을 두른 채 꼼짝하지 않았다. 나는 어떤 열정적인 가락을 불어야 '부하들의 뒤꿈치에 활력과 기개를 불어넣을 수 있을지' 몰랐다. 할 수 있는 게 아무것도 없었다. 나는 나의 훌륭한 부하들을 물끄러미 바라보았다. 그리고 중요한 것은 소유가 아니라 소유물을 사용하는 능력임을 깨달았다.

나는 의자에 몸을 기대고 앉아 내 정신의 연회를 지켜보았다. 그렇게 "그려진 바다 위의 그려진 배처럼 꼼짝달싹 못하고"[30] 앉아서 내 정신의 연회를 지켜보는 편이 훨씬 즐거웠다.

멋진 뭔가를 생각하는 것은 그것을 애써 글로 쓰지 않으면서 편하게 이야기하는 것과 같았다. 그러면서도 나는 붉은 여왕과 함께 있는 힘껏 달려봤자 아무것도 지나칠 수 없고 어디에도 갈 수 없이 제자리걸음하는[31] 이상한 나라의 엘리스와 같은 심정이었다.

흥겨운 연회는 뜨겁게 계속됐다. 온갖 생각이 춤을 췄다. 슬픈 생각과 행복한 생각, 모든 풍토와 날씨를 제대로 담아낸 생각, 모든 세대와 국가의 특징을 품은 생각, 어리석은 생각과 현명한 생각, 세상 사람들에 대한 생각, 사물에 대한 생각, 무(無)에 대한 생각, 좋은 생각, 장난기 어린 생각, 관대하고 정중한 생각이 춤을 췄다. 생각들이 손에 손을 잡고 나선형으로 계속 빙빙 돌았다. 초록빛과 금빛의 익살스런 어릿광대 생각이 춤을 이끌었다. 초대된 손님 생각들은 아무 지시도 따르지 않고 누군가를 따라하지도 않았다. 서로 관련 있거나 먼 친척뻘이라도 되는 생각은 하나도 없었다. 생각들 사이에는 대략적인 연관성조차 없었다. 각각의 생각이 새로 등단한 시인처럼 행동했다.

웅변을 하려 했으나, 그는 열 수 없었네
그의 입을, 하지만 거기서 미사여구가 흘러나오네.[32]

미사여구, 아, 그것들을 받아적었어야 했는데! 그것들은 뒤죽박죽인 채로 내 정신의 이 흥겨운 연회가 있는 외딴길로 내려왔다. 미사여구는 술에 취한 듯 노래하고 고함지르며 내려왔다. 눈앞의 혼란은 더욱더 심해졌다.

눈을 감으면 그들, 즉 내 정신의 연회에 참석하는 멋진 기사들과 귀부인들이 오는 모습이 보인다. 그들은 깃털 장식에 터번을 쓰기도 하고, 갑옷과 수놓인 비단을 걸치기도 했다. 그리고 검소한 차림의 정숙한 아가씨들, 진홍색 망토를 두른 호쾌한 왕자들, 머리에 장미를 꽂은 요염한 여자들, 높은 대성당 종탑도 덮을 수 있을 듯한 외투를 걸친 수도사들, 종이 인형을 안고 있는 귀여운 새침데기 소녀들, 발그레한 건강한 얼굴로 까불며 뛰노는 소년 학생들, 어깨에 힘이 들어가 있고 똑똑해 보이지만 얼빠진 교수들도 보인다. 그들 뒤에는 오랜 친구들, 요정들, 악귀들, 그리고 노아의 방주에서 금방 내린 온갖 무리들이 따른다.

그들은 찬찬히 걷기도 하고, 거들먹거리며 활보하기도 하고, 하늘로 날아오르기도 하고, 헤엄치기도 하고, 불을 통과해 오기도 했다. 한 요정은 나뭇잎과 얼어붙은 이슬방울로 만들어진 사다리를 타고 달까지 올라갔다. 부리가 커다란 갈고리 모양인 공작은 석류나무 가지 사이를 날아다니며 장밋빛 열매를 쪼아 먹었다. 공작이 너무 크게 울어대자 아폴로가 태양 마차에서 몸을 돌려 번쩍이는 활로 공작에게 황금 화살을 쏘았다.

하지만 공작은 조금도 동요하지 않았다. 오히려 공작은 태양신의 코앞에서 보석 같은 날개를 활짝 펼친 채 끄트머리에 불이 붙은 멋진 꼬리를 과시하지 않았던가!

그때 나의 석고상과 똑같이 생긴 비너스가 나타났다. 침착하고 평온한 그녀는 살가운 바람에 이리저리 흩날리는 장밋빛 구름 위의 사랑스러운 큐피드들에 둘러싸인 채 엘리자베스 여왕처럼 고매하고 선망 받는 춤을 추었다. 그와 함께 꽃과 시냇물과 화분의 이상야릇한 어린 벚꽃나무도 빙 돌며 춤을 추었다. 그 뒤로는 초록색 머리카락에 보석 박힌 가죽신을 신은 쾌활한 판(그리스 신화에서 염소의 뿔, 다리, 귀를 지닌 목축과 풍요의 신)이 따랐다. 그리고 믿을 수 없는 광경이었다! 판 옆에서 기품 있는 수녀가 묵주를 세면서 걸었다. 조금 뒤에는 팔짱을 낀 세 명의 무용수들이 보였고 알맹이 없는 빈말과, 웃음을 자아내는 그럴 듯한 농담과, 운명에 대한 뼈대 있는 설교가 들렸다. 그들 바로 옆에는 바람에 머리카락을 흩날리는 '밤'들과 등에 장작단을 짊어진 '낮'들이 차례로 들어섰다.

그때 갑자기 풍만한 형상이 한 손으로는 벌거숭이 아이를 안고 다른 손에는 번득이는 칼을 쥔 채 왁자지껄한 무리 위로 솟아오르는 것이 보였다. 곰 한 마리가 그녀의 발밑에 웅크리고 앉았고, 그녀 주위의 모든 것들이 빙빙 돌았다. 그리고 아주 작고 다양한 원자들의 무리가 빛을 발하면서 다함께 이렇게 노

창가에서 조각상을 만지고 있는 헬렌 켈러. 1912년.

래했다.

"우리는 신의 뜻이다."

원자와 원자가 결합했고, 화학물질이 화학물질과 결합했으며, 그렇게 만물의 춤은 변화무쌍하면서도 변화 없이 계속됐다. 이윽고 내 머리에서 톱질 소리가 들렸다.

내가 이런 환영들에서 벗어나 '잠'이라는 조용한 숲을 거닐어보려는데, 나의 멋진 저택 입구가 북새통을 이뤘다. 울려퍼지는 속삭임과 웅성거림을 들어보니 유명 인사들이 많이 도착한 것이 분명했다. 내 눈에 뛴 첫 번째 인물은 호메로스(고대 그리스의 시인)였다. 그는 더 이상 눈멀지 않았다. 그는 수많은 백조들처럼 하얀 이물(船首)을 끄덕이며 큰소리를 내는 그리스인들의 배를 황금 사슬로 엮어 이끌었다.

그 뒤에는 플라톤과 머더구스(영국 전래 동요 속의 가상 인물로 거위를 타고 다님)가 '신발 속에 사는 많은 아이들'(동요 「신발 속에 사는 노파가 있었다네」에 나오는 아이들)과 함께 왔다. 그리고 심플 사이먼(동요 「심플 사이먼」의 주인공), 질, 다친 머리를 싸맨 잭(동요 「잭과 질」의 주인공), 크림에 빠진 고양이(동요 「크림 단지 속의 고양이들」에 나오는 고양이), 이들은 어지러워 비틀거릴 만큼 춤을 췄고, 플라톤은 '뒤죽박죽 나라'(아라비아)[33]의 법에 대해 진지하게 강연을 했다.

그리고 냉엄한 표정의 장 칼뱅(1509~1564, 프랑스의 신학자)과

'보라색 관을 쓰고 환하게 웃는 사포(고대 소아시아에서 활동한 여류 시인)'가 쇼티셰(쌍을 이뤄 빙글빙글 돌며 추는 사교춤의 일종)를 추면서 그 뒤를 따랐다. 아리스토파네스(고대 그리스의 희극작가)는 게르만어로, 몰리에르(1622~1673, 프랑스의 희극작가)는 그리스어로 동시에 노랫말을 읊으며 박자를 맞추었다. 나는 이것이 이상했다. 게르만어는 아리스토파네스가 태어나기 전에 죽은 언어였다는 생각이 들었기 때문이다.

눈이 맑은 퍼시 비시 셸리(1792~1822, 영국의 시인)가 데려온 종달새[34]는 날개를 퍼덕이더니 갑자기 제프리 초서(1342~1400, 영국의 시인)가 지은 챈티클리어[35]의 노래를 부르기 시작했다. 헨리 에즈먼드[36]는 '기로에 선 다이애나'[37]에게 장중한 미뉴에트(4분의 3 박자의 우아하고 약간 빠른 춤곡)에 맞춰 춤을 추자고 손을 내밀었다. 그가 웃지 않는 것으로 보아 다이애나의 19세기식 위트를 이해하지 못한 것이 분명했다. 그는 똑똑한 여성에 대한 취향을 잃어버린 듯했다.

곧이어 단테(1265~1321, 이탈리아의 시인)와 에마누엘 스베덴보리(1688~1772, 스웨덴의 과학자 겸 철학자)가 서로 다르고 신비한 사물들에 대해 열띤 대화를 나누며 함께 걸어왔다. 스베덴보리가 날씨가 매우 따뜻하다고 말하자, 단테는 밤에 비가 내릴지 모르겠다고 대답했다.

갑자기 큰 아우성이 들렸다. 맹렬한 '책들의 전쟁'[38]이 다시 시작됐다. 두 등장인물이 격한 논쟁에 뛰어들었다. 한 인물은 검소하고 수수한 차림이었고 다른 인물은 요란한 정장 위에 학자의 가운을 걸치고 있었다. 두 사람의 대화를 들어보니, 그들은 코튼 매더(1663~1728, 미국의 목사 겸 작가)와 윌리엄 셰익스피어였다. 매더는 『맥베스』에 등장하는 마녀들을 붙잡아 교수형에 처해야 한다고 주장했다. 그러자 셰익스피어는 마녀들이 이미 비평가들에게 충분히 고통받았다고 대답했다.

이때 원탁의 열두 기사들이 등장해 그들을 옆으로 밀쳤다. 기사들은 황금알 낳는 거위를 얹은 쟁반을 들고 행진했다. 내가 책으로 읽기는 했으나 직접 본 적은 없었는데, 「금인칙서(金印勅書)」(신성로마제국의 카를 4세가 교황의 정치 간섭을 막으려고 1356년에 반포한 제국법)와 『교황의 노새』(프랑스 소설가 알퐁스 도데의 단편)[39]가 역사와 허구의 싸움을 벌였다.

작은 동물들은 조지프 러디어드 키플링(1865~1936, 영국의 소설가 겸 시인, 『정글 북』의 저자)을 코에 태운 채 쿵쿵 걷는 커다란 코끼리를 피해 달아났다. 그런데 코끼리가 갑자기 '날렵한 탈것'으로 변했다.(나는 '날렵한 탈것'이 뭔지 모른다. 하지만 이것은 매우 날렵하고 잘 만들어졌다.) 그것은 남부 바다에 출몰하던 난폭한 해적들이 오래전에 버린 배가 분명했다. 나는 그 배가 침몰할 때 닻줄에 매달려 즐겁게 환호성을 지르는 한 남자를 보았다. 그는 이글거리는 눈빛에 벨벳 재킷을 입고 있었다.

배가 시야에서 사라지자 폴스타프(셰익스피어의 희곡들에 등장하는 희극적 인물)[40]가 그 외로운 뱃사람을 구하려고 급히 달려가더니 그의 지갑만 훔쳤다! 하지만 미란다(셰익스피어의 『템페스트』의 여주인공)가 지갑을 돌려주라고 했다. 이때 스티븐슨이 "내 지갑을 훔치는 놈은 쓰레기를 훔치는 것입니다."[41]라고 말했다. 그러자 폴스타프가 박장대소하며 여태껏 들어본 가장 멋진 농담이라고 했다.

이것은 인용문이 벌떼처럼 몰려들고 있다는 신호였다. 미완성인 구절, 비문(非文), 비꼬아 고친 의미, 기막힌 은유가 이리저리 밀려들었다. 어느 구절, 어느 생각이 내 것인지 분간할 수 없었다. 내 것이었을지 모를 조잡하고 불완전하고 볼썽사나운 문장 하나가 눈에 띄었다. 그런데 그 문장이 아름다운 아이디어의 날개를 달고는 머리 주위로 후광처럼 번쩍이는 천재의 빛을 발했다.

때때로 춤추는 생각들은 서로에게 제안이나 허락도 하지 않고 파트너를 바꿨다. 생각들은 서로 보자마자 사랑에 빠져 얼렁뚱땅 결혼식을 올리고 사전 구애도 없이 결합을 했다. 모순(矛盾)은 온당한 구애 기간을 거치지 않은 두 생각의 결혼이다. 구애 과정을 거치지 않은 결혼은 가정불화를 낳아 유서 깊은 가문에 파탄을 야기할 수도 있다. 결혼한 생각 부부들에게는 처녀, 총각 시절에 서로 침범하지 않고 존중해준 각자만의 독

연극 「헨리 4세」에서 폴스타프 역을 맡았던 미국 배우 제임스 헨리 헤켓
(1800~1871)의 초상. 1850년대.

특한 직유(直喩)들이 있었다. 그런데 그들의 유별난 결합 때문에 춤이 거의 파투가 나 버렸다. 그들은 자신들의 결합이 어리석었음을 분명히 깨닫자 헤어지고 말았다. 다른 직유들은 모순 상태로 살아가는 습관을 들인 듯했다. 그들은 수도 없이 결혼하고 이혼했다. 그들은 혼유(混喩, 조화를 이루지 못하는 은유의 혼용)라는 악명 높은 조직에 가입했다.

일단의 망상들이 망각이라는 자극적인 외투를 걸치고 들락날락 떠돌아다녔다. 그것들은 춤을 추는 듯하더니 사라져버렸다. 얼마 있다가 다시 나타났지만 끝내 얼굴을 내보이지 않았다. 장난꾸러기 '호기심'이 '기억'의 소매를 잡아당기며 말했다.

"저들은 왜 달아나는 거지? 정말 이상하고 못된 행실이야!"

그러자 '기억'이 망상들을 붙잡으려고 뛰어나갔다. '기억'은 한참을 달려 숨을 헐떡이고 부딪치고 한 끝에 겨우 몇몇 망상을 붙잡아 끌고 들어왔다. 그런데 '기억'이 그들의 가면을 벗기자, 세상에나, 몇몇은 실망스럽게도 보잘것없는 구절이었고, 다른 망상들은 자신의 구두점을 감추려고 애쓰는 근거 없는 인용문에 불과했다. '기억'은 그렇게 힘들게 뒤쫓아서 잡은 것이 이 형편없는 무뢰배들이어서 너무 원통했다.

어중이떠중이들 가운데로 자칭 '역사학', '철학', '법학', '의학'이라는 위풍당당한 네 거인이 성큼성큼 걸어 들어왔다.

그들은 너무나 위엄 있고 늠름해서 연회에 낄 수 없을 것 같았다. 하지만 내가 뚫어지게 바라보자 이 대단한 손님들은 모두 조각조각으로 갈라졌다. 그러고는 부분 단위로, 그보다 작은 일부분 단위로, 그리고 과학적으로 무의미한 일부분 단위로 빙글빙글 돌며 춤을 추었다. '역사학'은 문헌학, 민족학, 인류학, 신화학으로 나뉘었고, 이것들은 다시 머리카락보다 가늘게 갈라졌다. 각각의 전공은 나름대로 약간의 지식을 껴안고 빙빙 돌며 왈츠를 추었다. 나머지 무리들은 꾸벅꾸벅 졸기 시작했고 나도 졸음이 왔다. 장엄하게 빙글빙글 돌던 요정들이 행동을 멈추면서 자비로운 모습으로 우리 위로 양귀비를 흔들었다. 그러자 연회는 서서히 어두워졌고, 나는 고개를 떨구다가 움찔했다.

잠에 놀라 깨어났다. 팔꿈치 옆에 오랜 친구 보텀이 있었다. 나는 보텀에게 이렇게 말했다.

"보텀, 내 꿈이 어떤 것이다라고 말하는 정상인이 이해하지 못할 꿈을 꾸었어. 내가 생각하기에, 내 꿈이 어떤 것인지 말할 수 있는 정상인은 없어. 정상인은 눈으로 듣지 못하고, 귀로 보지 못하고, 손으로 맛보지 못하고, 혀로 상상하지도 못해. 그래서 마음으로 내 꿈이 어떤 것인지 전할 수도 없어."

어둠의 찬가

내 날개를 접어 내 귀 옆에 붙이고
내 날개를 겹쳐 내 눈 앞에 붙이네,
그래도 날개의 은빛 그늘 사이로 나타나고
그래도 날개의 여미는 깃털 사이로 나타나네,
하나의 형상이, 시끌벅적한 소리가.
― 퍼시 비시 셸리의 희곡 『해방된 프로메테우스』[42]

I

나는 물어볼 용기가 없다, 우리가 왜 빛을 빼앗겼는지,
왜 광대한 바다 한가운데 외돌토리 섬으로 쫓겨났는지,
어떻게 우리의 시각이 아름다운 환영에 길들었는지,
빛을 빼앗기고 쫓겨나서 어둠 속에 내팽개쳐치도록.
신의 비밀은 우리의 성막(聖幕) 위에 드리워 있으나
그분의 비밀을 캐낼 용기가 나는 없다. 내가 아는 건 이것뿐.
권능은 그분에게 있고, 지혜도 그분에게 있으니,
그래서 그분의 지혜가 우리의 앞길에 어둠을 두었다.
상상할 수 없는 미지의 어둠 속에서 우리가 나왔다

그러니 머지않아 우리는 다시 돌아가리
광막하고 대답 없는 어둠 속으로.

오 어둠이여! 그대 장엄하고 감미롭고 신성한 어둠이여!
그대의 근엄한 공간 속에서, 인간의 눈을 넘어서,
신은 그분만의 세상을 만들었으니, 대지의 기초를 놓았다.
그로부터 기준을 정하고, 대지 위에 경계를 그렸으니
문을 달아 바다를 가두고, 구름의 영광을
덮개 삼아 바다를 덮었다.
아침에게 호령하니, 보라! 혼돈이 달아났다
태양의 의기양양한 얼굴 앞에서.
물줄기를 가르니 큰물이 넘쳐흘러
대지 위에 비가 내린다
아무도 살지 않던 황야에,
부드러운 풀 한 포기 자라지 않던 사막에.
그리하여, 보라! 광야에 신록이 생겨났다
그리하여 언덕이 아름다운 옷을 입었다!
상상할 수 없는 미지의 어둠 속에서 우리가 나왔다
그러니 머지않아 우리는 다시 돌아가리
광막하고 대답 없는 어둠 속으로.

오 어둠이여! 그대 비밀스럽고 수수께끼 같은 어둠이여!
그대의 깊은 침묵, 사람이 깊이를 알 수 없는 근원 속에서,
신은 인간의 영혼을 만들었다.
오 어둠이여! 인간적이고 모든 것을 아는 어둠이여!
저녁 땅거미처럼, 그대의 메시지가 부드럽게 인간에게 닿는다
그대는 인간의 지친 눈꺼풀에 그대의 손을 살포시 올려놓는다
그러면 지쳐서 고향을 그리워하는 인간의 영혼이 돌아온다
위안을 주는 그대 품속으로.
상상할 수 없는 미지의 어둠 속에서 우리가 나왔다
그러니 머지않아 우리는 다시 돌아가리
광막하고 대답 없는 어둠 속으로.

오 어둠이여! 총명하고 활기차고 영민한 어둠이여!
그대의 비밀 속에 그대는 빛을 감춘다
그것은 영혼의 생명이다
그대의 고독한 바닷가를 나는 두려움 없이 걷는다.
나는 악이 두렵지 않다, 비록 내가 그림자 드리운 계곡을 걸을
지라도.
나는 두려움에 혼비백산하지 않으리
너그러운 죽음이 나를 데리고 생명의 출입구를 지나갈지라도
밤의 영역이 갈라져 확장될지라도

그리고 낮이 빛을 쏟아내 소진할지라도.
상상할 수 없는 미지의 어둠 속에서 우리가 나왔다
그러니 머지않아 우리는 다시 돌아가리
광막하고 대답 없는 어둠 속으로.

두려움에 사로잡힌 겁쟁이 영혼은 어둠을 피하리라.
하지만 그림자 속에 살아야 하는 그의 뺨 위에
천사의 날개를 달고 내달리는 바람이 산들거린다,
그리고 그의 주위에 보이지 않는 불꽃에서 빛이 쏟아진다.
마법 같은 빛줄기가 어둠을 가로지르며 작열한다.
아름다운 길들이 그의 어두운 세계를 가로지르며 굽이친다
또다른 빛의 세상으로
어떤 감각 장막으로도 그를 천국과 차단시킬 수 없는 곳으로.
상상할 수 없는 미지의 어둠 속에서 우리가 나왔다
그러니 머지않아 우리는 다시 돌아가리
광막하고 대답 없는 어둠 속으로.

오 어둠이여! 그대 축복받은 침묵의 어둠이여!
그대와 더불어 살아야 하는 외로운 추방자에게
그대는 인자하고 다정하다
무자비한 세상으로부터 그대는 그를 감싼다

그에게 그대는 경이로운 밤의 신비를 속삭인다
그에게 그대는 그의 정신처럼 넓고 무한한 영역을 선사한다
그대는 모든 보잘것없는 것들에게 영광을 내린다
그대의 포근한 날개로 그대는 모든 못난 것들을 감싼다
그대의 포근한 날개 안에 평화가 있다.
상상할 수 없는 미지의 어둠 속에서 우리가 나왔다
그러니 머지않아 우리는 다시 돌아가리
광막하고 대답 없는 어둠속으로.

Ⅱ

한때 빛이라곤 없는 영역에서 나는 방황했다
텅 빈 어둠 속에서 나는 비틀거렸다.
그러자 두려움이 내 손을 잡아끌었다
내 발이 땅을 내리눌렀다
구멍에 빠질까 무서워하면서.
밤 속의 무수한 무형의 공포에 벌벌 떨면서,
늘 깨어 있는 낮에게
나는 애원하며 팔을 내밀었다.

그러자 '사랑'이 왔다, 손에 횃불을 들고

내 발 위를 비추면서,
그리고 '사랑'은 부드럽게 말했다.
"당신은 어둠의 보고(寶庫)에 들어가 봤나요?
당신은 밤의 보고에 들어가 봤나요?
당신만의 어둠을 찾아봐요.
수많은 보물이 들어 있어요."

'사랑'의 말에 내 정신이 환하게 타올랐다.
나의 열망하는 손가락이 비밀을 찾아나섰다
사물의 아름다움과 신성한 내면을.
그리고 공허 속에서 정신의 감각으로
삶의 충만을 느꼈다.
그러자 낮의 대문이 활짝 열렸다.

나는 기뻐서 몸이 떨린다
팔다리가 좋아서 후들거린다
나의 심장과 대지가
행복해서 떨고 있다
삶의 환희가
세상에 널리 퍼져 있다.

앎에는 장막 없는 천국이 있다
어둠의 외진 바닷가에 빛이 있다
한밤중에 빛줄기가 나타났다!
어둠 속에서 빛도 없이 비틀거리는 시각장애인이
새로운 낮을 본다!
어둠 속에서 '생각'의 별이 어슴푸레 빛난다
상상력에는 빛나는 눈이 있다
그래서 마음에는 아름다운 광경이 있다.

III

"그 사람은 눈이 멀었다. 그에게 삶은 무엇일까?
펼치지도 않은 책 한 권이 눈먼 얼굴 위에 놓여 있다.
그는 저것을 볼 수 있을까
저기 아리따운 별을, 그리고 알 수 있을까
순식간에 일어나는
가슴 떨리는 시각적 기쁨을!"

시력은 전적으로 마음에 달려 있다.
보라, 속박에서 벗어나
비상하는 영혼을! 그대는 보았는가?

눈먼 아이의 얼굴에 만개한 생각을,
그대는 보았는가, 그 아이의 마음이 자라나
달아나는 여명 같은 주(主)의 환영을
껴안으려 하는 것을.
그것은 마음속 시각의 기적이었다.

내가 살고 있는 경이로운 영역에서
나는 내 손으로 삶을 탐구한다.
나는 인식한다, 그래서 행복하다.
내 손가락은 언제나 대지를 갈망한다
그래서 기꺼이 대지의 경이를 들이켠다
대지에서 귀중한 즐거움을 찾아내면
내 발은 자라나는 모든 것들의
속삭임과 맥박으로 충만하다.

이것은 촉각이다, 이 떨림,
이 불꽃, 이 창공,
혈액의 이 경쾌한 약동,
내 마음속의 이 대낮 햇살,
내 손바닥 안의 이 뜨거운 공감!
그대 볼 수 없으나 인자하고 사려 깊은 촉각이여

행복해지는 가장 간단한 방법

그대는 내게 생명의 책을 펼쳐 보인다.

대지의 조용하고 나지막한 소리가
부드럽기 그지없는 바스락거림과 함께 들려온다.
수줍고 어여쁜 생명의 발걸음
내 조심스런 손바닥 위에서
나긋나긋 팔락이는 나방의 날개
소란스럽게 파닥이는 곤충의 날개
맑은 소리를 내며 똑똑 떨어지는 물
여름 풀잎 사이로 바삐 흐르는 약한 산들바람
바삭거리고, 휙 지나가고, 두둥실 흩날리는 이파리
빙글빙글 돌고, 바람에 휩쓸리고, 서리 내린 이파리
수정같이 맑게 튀는 여름비
향기로 충만한 잔디.

나는 예민한 손가락으로 주의를 기울인다
숲 속에서 요동치며 불어나오는
소나기 같은 바람 소리에.
나는 소나무 아래로 흔들리는 그늘 속에
몸을 담근다, 소나기가 그치면
소나무 아래의 공기가 시원해지리니.

나의 기운찬 꼬마 친구 다람쥐는
꼬리로 내 어깨를 톡톡 두드리더니
무성한 잎사귀에서 잎사귀로 뛰어다니다가
내 손에 놓인 아침을 먹으려 돌아온다.
우리는 즐거워하며 공감을 느낀다
다람쥐는 깡충깡충 뛰어다니고, 나의 맥박도 춤을 춘다
나는 충만한 생명의 행복에 기뻐한다!

내 손가락이 모래를 가르지 않았던가?
햇살 넘치는 바닷가에서.
내 벌거벗은 몸이 물의 노래를 느끼지 않았던가?
바다가 찰랑찰랑거리며
내 몸을 감쌀 적에.
내가 느끼지 않았던가?
나의 배 밑에서 가볍게 일렁이는 파도를
펄럭이는 돛을
팽팽한 돛대를
번개 내리친 바람의
거친 휘몰이를.
내가 맡지 않았던가?
폭풍우에 앞서 빠르고 강하게 피어올라 퍼지는 냄새들을.

여기 깨어 있는, 타오르는 기쁨이 있다
여기 한껏 달아오른 마음이 있다.

내 손은 감각들 사이를 끊임없이 오가면서
느낌으로 모습과 소리를 감지한다.
움직임으로 모습을 연상하고, 냄새로 소리를 연상하면
달콤한 산들바람에서 색이 느껴지고
보이지 않는 날개의 날갯짓과 떨림에서
교향악의 선율과 열정이 느껴진다.
대지와 태양과 공기의 비밀을 찾아가는
내 손가락은 영민하다.
내 손가락은 어둠 속에서 빛을 집어내고
침묵 속에서 숨 쉬는 조화로움에 감격한다.

나는 밤의 정적 속을 거닐었다
그리고 내 영혼은 밤의 기쁨을 이야기했다.
오 밤이여, 고요하고 향기로운 밤이여, 나는 그대를 사랑하노라!
오 넓고 광활한 밤이여, 나는 그대를 사랑하노라!
오 변함없고 찬란한 밤이여!
나는 그대를 손으로 만지며
나는 그대의 권능에 의탁하니

나는 편안하도다.
오 깊이를 알 수 없는 포근한 밤이여!
그대는 내 불안한 정신을 어루만지는 향기다
나는 감사하며 그대 품에 안긴다.
어둠이여, 우아한 어머니여!
한 마리 비둘기처럼 나는 그대 품에 깃든다.
상상할 수 없는 미지의 어둠 속에서 우리가 나왔다
그러니 머지않아 우리는 다시 돌아가리
광막하고 대답 없는 어둠속으로.

행복해지는 가장 간단한 방법

이루어지는 꿈들

The Dreams
That Come True

1927

※1927년 12월《퍼스낼리티(Personality)》에 실림.

에마누엘 스베덴보리는 이렇게 말한다.

"이 세상의 많은 예술은 천국에서 법칙과 조화를 이끌어낸 다."

외부 환경이 어떻든 간에 몇몇 예술가들이 스스로 삶을 일구기 위해 지니는 초월적인 뭔가가 있는 것이 분명하다. 그것은 비록 불가항력적인 장애가 있더라도 살 만한 가치가 있는 삶을 찾기 위한 예술가의 힘, 즉 의지이다.

나는 여러 해 동안 이 중요한 사실을 깨우치려고 노력했다. 그런데 여전히 사람들은 내가 행복하다고 하면 이상하게 여긴다. 그들은 나의 한계가 내 정신을 무겁게 짓눌러서 내가 절망의 바위에 묶여 있다고 생각한다. 하지만 나에게 행복은 그런

서재에서 책을 읽고 있는 헬렌 켈러. 1907년.

인식들과 거의 상관없다.

우리가 이 세상을 단조롭고 무의미한 것으로 치부해버린다면 그게 전부라서 다른 무엇도 없을 것이다. 반면에 지구가 우리의 것이고 해와 달이 우리의 행복을 위해 하늘에 걸려 있다고 생각한다면 언덕 위마다 기쁨이, 들판마다 즐거움이 있을 것이다. 왜냐하면 우리 영혼 속의 예술가가 세상 만물을 찬양하기 때문이다. 만약 우리가 저마다 이 세상에 고귀한 존재 이유를 가지고 태어난다고 믿는다면, 다시 말해 우리가 이 육체적 삶의 좁은 한계 안에서 성취할 수 있는 높은 소명을 지니고 있다고 믿는다면 분명히 생명은 존엄성을 지니게 된다.

그런데 나를 가로막는 누군가의 말이 들린다.

"나는 당신이 꽃과 햇빛 같은 종류를 좋아하는 것을 이해할 수 있어요. 하지만 하루 종일 집 꼭대기의 작은 서재에 혼자 들어앉아 있으면 무진장 지루하지 않나요? 당신은 창에 비치는 색을 조금도 볼 수 없고 소리도 들을 수 없잖아요! 사물에 드리운 빛과 어둠의 조화를 볼 수 없으니 만져 봤자 다 똑같은 사물들에 질리지 않나요? 당신에게는 날짜건 시간이건 다 똑같지 않나요?"

절대로 그렇지 않다! 나의 날들은 모두 다르고, 어떤 시간도 서로 비슷하지 않다. 하늘을 보고 아름다움을 즐길 뿐만 아니라 비가 올지도 예측할 수 있는 내 친구에게 그러하듯, 날들은

나에게도 날마다 다르다. 나는 촉각을 통해 공기의 모든 변화와 움직임을 민감하게 알아차린다. 서재로 햇빛이 쏟아져 들어오는 날에는 각각의 햇살에서 온갖 생명의 기쁨을 느낀다. 내 주변에 그림자를 드리워 얼굴에 서늘함이 느껴지는 비오는 날에는 축축한 대지와 습기 먹은 사물들의 냄새가 사방을 감돈다. 그런가 하면 겨울 폭풍이 불어 서재의 창문들을 흔들어대며 쌩쌩 소리를 내는 날에는 정말 '암울할' 따름이다. 서풍이 불어와 웅웅거리며 창유리에 기댄 내 손에 봄소식을 전하는 반가운 날에는 밖으로 나가 숲 속에 들고 싶다.

다른 이의 마음에 메아리를 울리지 않는
그렇다고 영혼의 소리를 억누를 필요 없는
야생의 숲 속으로, 고요한 황야로.[43]

여름 산들바람이 내 볼을 힘없이 간질여 졸리는 날에는 바깥의 작은 천막 속에 들어가 몸을 쭉 뻗고 누워서 벌이 찾아든 패랭이꽃이랑 분꽃을 꿈속에 보고 싶어진다.

그리고 아침 햇살이 나를 깨우는 시간이 있는가 하면, 육체적 부담을 어깨에서 내려놓아 스르르 '잠의 나라'로 빠져드는 시간도 있다. 또 내 책상 위에 널린 편지들을 읽느라 정신없는 시간도 있고, 멋진 꿈이 실현될 것 같아 기대에 설레는 시간도

◁ 나무에 올라 앉아 있는 헬렌 켈러. 1909년.

있으며, 기분 좋은 추억에 즐거워하는 시간도 있다. 그리고 역사 속의 사상가, 시인, 철학자와 함께 보내는 변화무쌍한 시간은 항상 있다. 주변에 온통 책이 가득한데 지루할 시간이 있을까!

나는 생각으로 가득 찬 세상에 산다. 정상인들은 어두운 침묵의 벽 뒤에 놀라운 정원이 숨어 있다는 사실을 모른다. 그 침묵이 진동해서 나의 모든 감정과 의식으로 전해지면 나는 나 이외의 것을 인식하게 된다. 침묵에는 이런 시적인 멋진 면이 있기 때문에, 감성과 의미가 수많은 진동으로 변해서 촉각을 통해 나에게 이른다.

집 안에서 내가 사랑하는 사람들이 지나다니는 발걸음이 감지되면 나의 예쁘고 귀가 긴 그레이트데인(독일 원산의 사냥용·호신용 개)이 갑자기 짖는 게 느껴진다. 또 우리 집 근처에 깔릴 신작로 건설에 필요한 자재를 잔뜩 실은 큰 트럭이 지나갈 때마다 집이 흔들리고 먼지가 가구에 내려앉는 게 느껴진다. 그러면 어느새 내 마음은 뉴욕에서나 느낄 법한 격렬하고 끊임없는 움직임으로 술렁인다.

얼마 전 찰스 린드버그(1902~1974, 미국의 비행기 조종사, 1927년 5월 뉴욕에서 파리까지 최초의 대서양 횡단 무착륙 단독 비행을 함) 퍼레이드에 참가하는 비행기 스무 대가 지나갔을 때는 정말 조마조마했다. 그 비행기들 중 몇 대는 너무 우리 집 가까이 날아와서 정

비행기 조종석에 앉아 있는 찰스 린드버그(위, 1923년), 1927년 5월 20~21일 33시간 30분 동안 뉴욕에서 파리까지 최초로 무착륙 단독 비행을 할 때 조종했던 비행기 '스피릿 오브 세인트루이스' 호(號) 앞에 서 있는 린드버그(1927년).

말이지 엔진이 서재 벽을 뚫고 들어온 듯한 소리가 느껴졌다. 진동이 비행기 날개에서부터 전해져왔다는 생각에 그저 놀랍고 아득할 뿐이었다.

그런데 시나브로, 혼자서 대서양을 건넜을 용감한 젊은 조종사 린드버그가 눈앞에 그려졌다. 나는 그곳 대서양에서 항로를 가늠할 수 없는 밤을 비행하는 그를 떠올렸다. 내 마음속에 고독의 고통, 곳곳에 숨은 두려움과 회의, 무시무시하고 한없이 깊은 어둠이 다시 나타났다. 나는 그가 계속 몰아가는 대로 그의 생각을 따라잡으려 애썼다. 그러면서 근본적인 수수께끼, 즉 신의 광명만큼이나 다다르기 어려운 깊은 어둠을 의식했다.

린드버그는 모든 것을 파는 세계의 시장에서 꿈을 샀다. 그리고 그 꿈을 이슬 맺힌 날개에 실어 빛나는 동쪽을 향해 갔다. 그의 비행기는 바람에 흔들리고 구름에 앞이 가렸다. 그런데도 나는 여전히 그가 항로를 잃어 끝없는 허공 속으로 빠져들고 백만 명의 창백한 주검이 그의 항적에 놓이는 장면을 상상했다.

나는 어둠을 너무나 잘 알기 때문에 비행기를 조종하는 그에게 각별한 공감을 느꼈다. 그는 어둠 속에서 무섭게 타오르는 등불처럼, 갑작스런 안개와 진눈깨비 위로 날아올랐다가, 바다로 급강하했다가, 시각장애인이 어둠 속에서 길을 감지하듯 보이지 않는 항로를 찾아갔다. 그리고 마침내 그는 새벽의 황금 여명을 따라 내려가 대지의 희미한 가장자리를 보았다. 그러자 엄청난 광명이 그에서 쏟아졌다! 예술가가 지닌 그 모든 것이 내 의식 속으로 들어왔다. 마치 그에게 경의를 표하기 위해 롱아일랜드 위를 빠르게 날아가는 비행기들의 엄청난 굉음을 느낄 때처럼.

그리고 그는 나에게 또 얼마나 멋진 장면들을 떠올리게 했던가! 그 장면들은 빠르게, 빠르게 나타났다. 태평양을 가로지르는 조종사들, 예상할 수 없는 안개와 눈을 헤치고 알 수 없는 비행 고도를 가늠해가는 조종사들, 적의 화기를 피해가며 그것을 무찌르는 조종사들, 꽁꽁 닫힌 구름을 풀어 메마른 들판에 축복 같은 단비를 뿌려주는 조종사들, 그리고 세계를 휘감을 우정의 고리로 엮은 메시지를 실어나르는 조종사들, 이들은 싸움과 증오를 종식시킬 평화 수호자들이다. 그들은 모든 사람들이 서로를 두려워하지 않으며 대지 위를 거닐 수 있을 때까지 담대하게 나아갈 것이다!

나에게도 외부 세계와 따뜻하고 인간적인 접촉을 할 수 있는 다른 감각이 있다. 후각은 나의 일상에서 너무나 소중하고 중요하다. 나는 후각 덕분에 색과 빛에서 얻지 못하는 많은 소소한 기쁨을 누린다. 수많은 냄새로 가득한 공기에서 장소와 사물에 관한 많은 사실도 알아낸다.

나는 예쁜 모양과 향기로 많은 꽃을 구별할 수도 있다. 잎과 과일, 씨에서 얼마나 다양한 향기가 뿜어져 나오는지, 정말 놀랍다! 같은 식물조차도 맑은 날과 비오는 날에 서로 다른 향을 발산한다. 봄과 가을의 향기 중에는 내가 어렴풋이밖에 설명하지 못하는 것들이 있다. 왜냐하면 촉각과 마찬가지로 후각도 적합한 어휘를 찾을 수 없기 때문이다. 라일락처럼 부드러운 향기가 있는가 하면, 인동덩굴은 호의를 보이는 사람에게 향기를 마음껏 뿜어낸다. 백합 향은 슬쩍 한 번 맡으면 무척이나 그윽하지만, 가까이 다가가 맡으려 하면 어찌나 향이 약하고 인색한지!

그리고 갓 베어낸 풀밭에서 나는 냄새를 맡으면 상쾌하고 편안해진다. 숲과 산에 가득한 차분하고 한결같은 향은 경건한 마음이 들게 한다. 지나갈 때마다 다정하게 인사하듯 많은 좋은 향을 뿜어주는 것들도 있는데, 그 덕분에 나는 좋아하는 것을 볼 수 없어 느끼게 되는 공허감을 달랠 수 있다.

냄새는 일상의 사소한 것들에 대해 나에게 이야기해주는 친구와 같다. 나는 냄새를 통해 비가 오고 있는지, 풀이 베였는지, 자동차가 거리를 지나가고 있는지, 한창 커가는 이 마을에 새로운 집들이 세워지고 있는지, 그리고 무엇보다 밥때가 됐는지 알 수 있다. 집을 구별하고 거리를 구별할 만큼 내가 맡을 수 있는 냄새는 무수히 많다. 그래서 나는 늘 가급적 시골에 있고 싶어 한다.

　촉각과 후각을 제대로 느낄 필요가 없었다면 나는 도시를 더 좋아했을 것이다. 하지만 뉴욕의 엄청난 소음과 혼란에 질려버렸다. 복잡한 가게와 무더운 거리 그리고 매연 가득한 공기에서 나는 지독한 냄새들에 숨이 막힐 정도였다. 나에게는 자라는 생명체에서 감지되는 들리지 않을 듯한 작은 소리와 나의 작은 정원에서 퍼져나오는 아침, 저녁 향기가 필요하다.

　나는 정신의 조화와 다채로움이 넘쳐나는 세상이 좋다. 상상력은 한두 가지 감각을 상실한 사람들에게 눈과 귀가 된다. 또 상상력은 어둡고 적막한 혼돈에서 벗어나 내 의식 속으로 들어오는 단편적이고 상관없는 조각들로 만족스러운 전체를 엮어낸다.

　최근에 있었던 경험담을 하나 들려주고 싶다. 이 일 덕분에 나는 아주 즐겁게 감각과 정신을 재충전했다. 그래서 내 삶이 여느 정상인 못지않게 풍요롭고 행복해졌다.

　며칠 전 자서전의 한 장을 마무리하는 데 꼭 필요한 착상을 떠올리려 안간힘을 쓰면서 타자기 앞에 앉아 있었다. 그러던 중 프랭크 넬슨 더블데이(1862~1934, 미국의 출판인) 씨로부터 그의 정원에 들러 장미 향을 맡아보라는 초대를 받았다. 나는 속으로 중얼거렸다.

　"머리가 깨질 것 같았는데 반가운 초대지, 뭐야. 덕분에 살

자신의 삶을 다룬 무성영화 「해방」에 출연해 서재에서 타자기로 글을 쓰고 있는 헬렌 켈러.
1918년.

았다! 떠오르지도 않는 생각을 쥐어짜내느라 녹초가 될 순 없지. 이럴 때는 장미 향을 맡으러 가는 편이 훨씬 낫겠어!"

'가든 시티'로 가는 길은 아름다웠다. 롱아일랜드의 6월은 늘 아름답다. 야외로 나가서 다시 아이처럼 뛰놀고 싶을 때, 아무리 근면한 사람조차도 일이 싫증날 때, 품행이 방정한 학생들마저 무단결석을 하고 싶을 때, 이럴 때 감미로운 공기를 들이켜면 안간힘을 쓰는 노력 따위가 헛되이 느껴진다. 속으로 나는 이렇게 외쳤다.

"이럴 때는 나를 집 안에 가두는 일일랑 덮어버려!"

하지만 나이가 들수록 이럴 수 있는 기회가 줄어든다. 그래도 서커스 보러 가는 소년처럼 미련 없이 달려나가는 것이야말로 다시 젊어질 수 있는 유일한 방법이다.

내가 서커스를 간절히 보고 싶어 하는 소년의 마음에 공감한다고 해서 특별할 것은 없다. 나도 늘 서커스 천막 안에 들어가 그 시끌벅적한 구경거리, 놀라운 묘기를 즐기고 싶다.

내가 일곱 살도 안 된 꼬맹이였을 때 일이다. 그 일은 내 어린 시절에 가장 중요한 현장 견학이었다. 그때는 설리번 선생님이 나를 두 달가량 가르친 후라 내가 아는 어휘가 몇 개 안 됐다. 그래도 내가 "키가 아주 크고, 덩치가 아주 크고, 힘이 아주 센 동물들"을 만져보러 갈 거라는 사실을 이해할 정도의 말은 알았다.

마차가 현관 앞으로 왔다. 나는 늙은 말 찰리를 만졌다. 찰리는 나보다 더 오래된 우리 식구였다. 나는 선생님에게 "동물들"이 찰리만큼 키가 큰지 물었다. 설리번 선생님은 동물들 중 하나인 코끼리는 높이가 우리 마차만큼이나 된다고 했다. 나는 흥분되어 자리에 앉을 수 없었다. 찰리는 너무 느렸다. 나는 찰리가 채찍을 맞으면 조금 빨라진다는 것을 알았다. 나는 채찍을 잡았다. 설리번 선생님이 그만두라고 하기도 전에 나는 그 가여운 늙은 말을 세게 때려버렸다. 하지만 내가 휘두른 채찍에 찰리는 뒤로 움직였다. 마차가 거의 뒤집어질 뻔했다. 선생님이 찰리를 진정시켰다. 그리고 마차는 한참 동안 움직이지 않았다. 그 사이에 나는 깨달았다. 내가 다시 그런 짓을 했다가는 곧장 집으로 돌아가서 다시는, 다시는, 다시는 그 큰 코끼리를 만날 수 없으리라는 것을.

우리가 드디어 천막 안으로 들어섰을 때 내가 처음 감지한 것은 이상하고 끔찍한 냄새였다. 나는 설리번 선생님의 치마를 꼭 붙잡았다. 잠시 동안이었지만 맥박이 내 호기심 이상으로 빨리 뛰었다. 한 손으로는 선생님의 손을, 다른 한 손으로는 서커스 단원의 큼직한 손을 잡자 안심이 됐다. 선생님과 서커스 단원은 나에게 땅콩 봉지를 쥐어주며 코끼리가 있는 곳으로 데려갔다. 나는 코끼리의 커다란 앞다리를 만졌다. 그리고 서커스 단원이 나를 들어올려 코끼리의 어깨에 앉혔다. 덕분에 나는 코끼리의 머리, 부채 같은 귀, 넓은 등을 만질 수 있었다. 코끼리의 등은 장식 술과 종이 달린 동양 비단으로 덮여 있었다. 나중에 어떤 사람이 코끼리를 타고 몰았다.

선생님이 나더러 코끼리에게 땅콩을 주라고 했다. 코끼리는 긴 코로 나를 만지더니 땅콩을 집어 입에 넣었다. 나는 놀라고 조금 화도 났다. 왜냐하면 나는 땅콩을 좋아해서 조금은 내가 먹을 생각이었기 때문이다. 하지만 실망스럽게도 겨우 한두 개밖에 남지 않았다. 누군가 내게 다른 땅콩 봉지를 주었다. 나는 그 사람의 아름답고 날씬한 몸을 만져 봐도 된다는 허락을 받았다. 그녀는 공중그네 연기자여서 분홍색 타이츠만 입고 있었다. 그녀는 내가 곳곳을 자세히 만지자 아주 당황해하면서 웃었다. 그리고 내 볼에 키스를 해주었다.

나는 아라비아산(産) 말들과 멋진 기수들, 그리고 화려한 마차들도 만져보았다. 그리고 잠시 공주처럼 그들 사이에 앉아보기도 했다. 낙타가 무릎을 꿇자 나는 괴상하게 생긴 혹등에 올려졌다. 오, 그런데 이게 웬 냄새람! 하지만 멋진 시간은 끝났다. 우리는 떠나야 했다. 나는 실망했지만, 선생님이 나중에 서커스단이 다시 오면 꼭 또 보러 올 거라 약속해서 기분이 좀 풀렸다. 이 서커스 유랑단의 모든 것들은 어느 아이든, 외부 세계에 나가본 적이 없는 어떤 사람이든 아주 좋아할 만했다. 무지무지 매혹적이었다.

30분에 1마일을 터벅터벅 걸어가는 느린 말과 외딴 마을의 구식 서커스랑, 30분에 20마일을 가는 내내 나를 지루하게 한 자동차 사이의 간격은 너무 멀다. 하지만 그 간격은 내가 지난 40년간 겪은 놀라운 변화와 요즘 겪고 있는 흥미롭고 새로운 일들을 그려내는 데 없어서는 안 된다.

친구들과 내가 큰 출판사 건물에 도착하자 더블데이 씨가 우리를 친절하게 맞이했다. 그의 성격과 대화로 판단하건대, 그는 책 수집가이자 보급자였을 뿐만 아니라 자연 애호가였다.

얼마간 이야기가 오가고 나서 우리는 정원으로 갔다. 정말 장미 향이 났다! 그것도 여러 가지였다. 장미는 거기에 있는 것만큼이나 종류가 많고 향기도 다양하고 키우는 방식도 제각각인 듯했다. 만족할 줄 모르는 욕망을 지닌 것처럼 뻗어 올라간 화려한 덩굴장미는 바람이 불자 그 큰 덩치가 흔들거렸다. 꼬불꼬불하고 꽃잎이 긴 장미는 장난꾸러기여서 마치 모험을 좋아하는 개구쟁이처럼 쭉쭉 자라 있었다. 줄기가 호리호리하고 연약한 홑꽃잎 장미는 내 손이 닿자 파르르 떨었다. 반면에 크고 소담한 장미는 위풍당당한 품새를 보이며 찬사를 강요하는 듯했다. 그곳에는 향수를 자극하는 온갖 장미들이 있었는데, 특히 모스 로즈[44] 앞에서는 어릴 적 그것을 처음 만났을 때처럼 손가락이 떨렸다.

나는 장미 말고도 많은 것들의 향기를 맡았다. 정원에는 화

◁ 꽃이 활짝 핀 나뭇가지를 만지고 있는 헬렌 켈러. 1909년.

려하고 장엄한 많은 모란을 비롯해, 온갖 종류의 백합, 패랭이 꽃, 제비고깔, 인동덩굴도 있었다. 숨을 쉴 때마다 즐거웠고, 만지는 모든 꽃에서 사람의 눈에 보이지 않을 법한 아름다운 빛깔이 끊임없이 뿜어져 나왔다.

상록수들이 있는 정원에서는 또다른 아름다운 세계를 만났다. 그곳에는 상록수 종류별로 별도 공간이 있어서 저마다 독립적으로 자라 있었다. 기후가 맞는 온갖 침엽수들이 저마다 돋보이는 위치에 심어져 있었다. 나는 밝은 초록색의 굵은 잎이 달린 초대형 소나무부터 가늘고 연약한 잎이 달린 작은 백송까지 다양한 형태의 나무들을 손가락으로 만져보았다. 우리가 지나갈 때 약한 산들바람이 불자 내 귀에는 그 나무들이 보이지 않는 바이올린을 연주하는 듯한 소리가 들렸다. 그것은 형용하기 어려운 편안한 음악이었다. 또한 거기에는 존 러스킨이 그토록 열렬히 묘사했던 전나무와 가문비나무도 있었다. 그는 웅장한 산등성이로 뻗은 가지와, 잎과 줄기 사이로 춤추는 햇살과, 나무에서 암녹색이 퍼져나오는 광경을 노래했었다.

나는 늘 상록수를 좋아했다. 나에게 그처럼 진하고 깊은 인상을 주는 자연물이 또 있을까. 상록수는 인간적이고, 동시에 희망, 용기, 신념처럼 삶에서 변하지 않고 힘을 북돋워주는 것들을 상징한다. 상록수의 퇴색되지 않는 초록과 향기에는 불멸이 담겨 있을 뿐만 아니라, 내가 지독하게 단조로운 겨울을 견

떠낼 축복도 들어 있다. 더블데이 씨가 자신도 소나무와 전나무에서 특별한 행복을 느낀다고, 갑갑한 기계 문명의 한복판에서 상록수의 은신처를 제대로 가꾸느라 여러 해 동안 노력했다고 했을 때 나는 얼마나 기뻤던가! 그는 존 버로스(1837~1921, 미국의 자연주의자 겸 수필가)와 존 뮤어(1838~1914, 미국의 자연주의자 겸 수필가)를 비롯한 여러 방문객들이 그 정원에서 나무를 심은 이야기도 들려주었다.

정말이지, 나는 가득가득 재충전이 되어 정원을 떠났다. 머릿속은 보이지 않는 둥지에서 굴러떨어진 참신한 생각들로 가득 찼다. 일에 다시 매달릴 수 있을 만큼 기분 전환이 확실히 됐다.

내가 사는 세상은 이렇다. 하지만 이것을 이해하는 사람이 몇이나 될까! 나는 마음속에 불쑥불쑥 떠오르는 많은 것들을 깨달았다. 나는 그것들을 생각할 때면 의아한 마음이 들어 속으로 이렇게 혼잣말을 한다.

"다른 사람들도 비슷하게 생각하고 느끼겠지? 다른 사람들도 나만큼 정신적인 삶에 대해 의식하고 있겠지?"

사람들의 말을 들어보면 이런 결론에 도달하게 된다. 육체적 한계 때문에 어느 정도는 지적 작용이 강해지고 명확해진다. 역설적이지만, 나는 '약점이 강점을 낳는다'고 생각한다. 더욱이 이 믿음은 성서에도 나온다. 사도 바울은 말한다.

"내가 약할 그때에, 오히려 내가 강하기 때문입니다."[45]

이것은 육체적으로 장애가 있는 사람들에게 크게 기운을 북돋워주는 말이다.

한계 때문에 내향성 전환이 일어나 생각이 활발해진다는 것은 확실히 맞는 말이다. 일상의 사소한 일들이 유달리 중요해지고, 그 사소한 일들에 정신적 요소가 결합된다. 특별한 가치가 없는 일이 정신의 용광로에서 아름답고 값진 일로 탈바꿈하는 것은 가히 기적이다. 생각의 변형과 분류는 뇌 속에서 조금씩조금씩 일어난다. 뇌에는 제한된 삶에 즐거움을 주는 존재와 사건이 등록되어 있다. 그 존재와 사건은 일단 기억 속에 저장되면 혼자만의 시간 동안 수많은 재밋거리를 만들어낸다. 이것이 바로 내가 시청각장애를 느끼지 않는 이유이다. 나는 이미 오래오래 전에 절망의 무서운 구렁텅이에서 벗어났다.

나의 삶은 행복하다. 훌륭한 친구들이 있고, 하고 싶은 재미있는 일도 무궁무진하기 때문이다. 나는 내 한계에 대해 생각하지 않는다. 또 한계 때문에 슬퍼하지도 않는다. 물론 이따금 (한계에서 벗어나고 싶은) 열망에 사로잡힐 때가 있다. 하지만 그것은 꽃 사이를 지나는 바람처럼 덧없다. 바람이 지나가고 나면, 꽃은 다시 만족한다.

그런데 나만의 어둠이 드리운 행복한 밤에 도움을 요청하는 목소리가 들려왔다. 그것은 어미 새가 새끼 새에게 문제가 있

◁ 돌벽을 따라 소나무 길을 걷고 있는 헬렌 켈러. 1909년.

을 때 듣게 되는 새끼 새의 울음소리처럼 계속 들려왔다. 나는 그 목소리가 내가 도와줄 수 없는 날이 올 때까지 끊이지 않으리라는 것을 안다. 나는 다른 장애인들을 도와 어둠의 벽을 허물고 행복의 생명수를 침묵의 사막으로 흘러들게 하고 싶다.

행복해지는
가장 간단한 방법

The Simplest Way
To Be Happy

1933

내 이야기의 핵심부터 말하자면, 행복은 마법 같은 요행이 아니다. 행복은 삶의 이치를 받아들임으로써 얻는 궁극적이고 이상적인 결실이다. 삶의 이치를 받아들이는 사람에게는 늘 가까이에 행복의 부적이 있다.

내가 알기로, 순리를 따르는 것보다 더 행복의 길에 가까워질 수 있는 방법은 없다. 여기서 순리를 따르는 것에는 사물과 그것의 원기뿐만 아니라 인간과 삶의 방식도 포함된다. 아울러 애정과 의지로 열망을 이루어 스스로 행복해지고 타인과 나눌 행복을 만들어내는 일도 포함된다.

행복한 삶은 고난이 없는 삶이 아니라 고난을 이겨내는 삶이다. 행복은 끊임없이 굶주린 배를 채우는 일밖에 하지 못는 야생동물에게는 의미가 없다. 행복해지려면 이성을 길러서 자신의 의지와 정신력을 일깨워야 한다. 다시 말해, 자기수양의 원리를 깨우쳐야 한다. 행복해지려면 행복을 낳는 일들을 해야 한다.

행복은 삶의 정원에서 가장 느지막이 익는 열매 가운데 하나이다. 그리고 다른 모든 열매처럼 행복도 가꾸어야 한다. 인도에는 아주 기가 막힌 묘기가 하나 있다. 망고 씨를 땅에 심고 해녀가 주문을 외우면 5분도 안 돼 망고나무가 자라서 꽃이 활짝 핀다! 나는 그것이 어떻게 가능한지 아는 사람을 만난 적이 없다. 그런데 그것을 마술 이외의 다른 것이라고 생각하는 사람을 만난 적도 없다. 우리는 망고나무를 키워본 적이 없더라도 그것이 5분 안에 자랄 수 없음을 안다.

어떤 사람들은 살면서 행복의 열매를 맺기 위한 나무 한 그루 심지 않는다. 우리는 마음속에 건강한 씨 하나 심지 않는다. 설령 씨를 심더라도 햇빛을 거의 받지 못해 제대로 자라지 못한다.

포도나무는 과거 동양에서 기쁨의 상징이었다. 그 열매인 포도는 사람의 마음을 즐겁게 했다. 포도 주스는 모든 농부가 식사 때 즐겨 마신 음료였다. 포도 주스에서 얻는 즐거움은 몸에 필요한 것을 채우는 즐거움이었다. 하지만 이것은 진정한 행복이 아니다. 팔레스타인 포도밭의 포도나무는 결실의 상징이자 나눔의 상징이었다. 즉 타인의 선(善)을 욕심 없이 기쁘게 받아들이고 타인을 위해 살고 일하도록 영감을 주는 존재였다.

요컨대, 행복해지는 가장 간단한 방법은 선을 행하는 것이다. 행선(行善)은 곧 확실한 행복이다. 이것은 명백한 인과법칙이다. 우리가 행복해지려고 다른 모든 방법을 시도해봤자 결국 모두 실패하고 말지 않는가.

가시나무에서 무화과를 딸 수 없고 엉겅퀴에서 포도를 딸 수 없다. 나무는 토양과 정기 속에서 순리에 따라 열매를 맺는다. 우리가 나무의 성장 조건을 제대로 맞춰주면서 잘 익은 황금 열매를 동경하는 시간을 견뎌낸다면 행복은 올 것이다, 틀림없이 온다. 이것이 바로 세상 만물의 원리이다. 만약 노력을 더하고 욕심을 덜어낸다면 그 청렴의 대가로 열매는 훨씬 더 달콤해질 것이다.

주(註)

낙관주의

1. 미국의 통계학자 캐럴 데이비드슨 라이트(1840~1909)의 1903년 연설
2. 「이사야」 3:1~2
3. 「이사야」 5:20
4. 산상설교 중 일부, 「마태복음」 5:1~12

내가 사는 세상

5. 1840~1909, 미국의 사업가이자 헬렌 켈러의 후원자
6. 「시편」 119:173~174
7. 헨리 워즈워스 롱펠로(1807~1882)의 시집 『바닷가와 화롯가(The Seaside and Fireside)』의 헌사(Dedication) 중에서
8. 「출애굽기」 1:11의 이역(移譯)
9. 「출애굽기」 7:5
10. 「시편」 8:4~6

11. 「누가복음」 13:12

12. 앨프리드 테니슨(1809~1892)의 시집 『공주(The Princess)』에 실린 「울려라, 나팔아, 울려라(Blow, Bugle, Blow)」 중에서

13. 조지 아널드(1834~1865)의 시에서 인용 — 저자

14. 「출애굽기」 29:18

15. 「출애굽기」 19:16

16. 「이사야」 35:1~2

17. 「신명기」 11:9~21

18. 「요한계시록」 3:12, 21:2

19. 『나의 어둠 속에서(Dans ma nuit)』

20. 『앙브루아즈 파레(Ambroise Paré)』, 『샹멜레 거리에서(Chez la Champmeslé)』

21. 조지 고든 바이런(1788~1824, 영국의 시인)의 「시용의 죄수(The Prisoner of Chillon)」 가운데 9부(IX) 중에서

22. 「시편」 18:10~11

23. 프랜시스 엘리자 버넷(1849~1924, 영국 출신의 미국 작가)의 소설 『배거본디아(Vagabondia)』의 가상 배경 장소

24. 윈저 매케이(1871~1934, 미국의 만화가)의 「잠의 나라의 꼬마 니모(Little Nemo in Slumberland)」에서 잠자는 사이에 다녀온다고 하는 공상의 나라

25. 1857~1859, 동인도회사의 인도인 병사(세포이)들이 영국의 인도 지배에 저항해 일으킨 인도 최초의 민족 항쟁

26. 원문으로 볼 때, 이 단락은 헬렌 켈러가 셰익스피어의 『오셀로』 2막 3장 가운데 "저 종소리를 멈추게 하라. 섬사람들이 놀라겠다."를 잘못 인용하고 해석한 듯하다.

27. 루시 라콤(1824~1893, 미국의 시인)의 『이미 천국에 있으니(As it is in Heaven)』 가운데 11장 「영생(An Endless Life)」 중에서

28. 영국의 의사, 『꿈, 웃음, 안면 홍조에 대하여(About Dreaming, Laughing and

287
주(主)

Blushing)』의 저자

29. 찰스 램의 『엘리아의 마지막 수필(Last essays of Elia)』에 실린 「진정한 천재의 온정신(Sanity of True Genius)」 중에서

30. 새뮤얼 테일러 콜리지(1772~1834, 영국의 시인)의 『노수부의 노래(The Rime of the Ancient Mariner)』 가운데 2부(Two) 중에서

31. 루이스 캐럴(1832~1898, 영국의 작가)의 『거울 나라의 엘리스(Through the Looking-Glass)』 가운데 2장 「말하는 꽃들이 사는 정원(The Garden of Live Flowers)」 중에서

32. 새뮤얼 버틀러(1612~1680, 영국의 시인)의 풍자시 『휴디브라스(Hudibras)』 중에서

33. 새뮤얼 매리너스 줴머(1867~1952, 미국의 선교사 겸 여행가)가 아내 에이미 엘리자베스 줴머와 함께 어린이에게 아라비아를 소개하려고 쓴 책 『뒤죽박죽 나라(Topsy-turvy Land)』에서 아라비아를 일컫는 별칭

34. 퍼시 비시 셸리의 서정시 「종달새에게(To A Skylark)」의 주인공

35. 제프리 초서의 『캔터베리 이야기(The Canterbury Tales)』 가운데 「수녀원 신부의 이야기(The Nun's Priest's Tale)」에 나오는 말하는 수탉

36. 윌리엄 메이크피스 새커리(1811~1863, 영국의 소설가)의 대표작 『헨리 에즈먼드의 이야기(The History of Henry Esmond)의 주인공

37. 조지 메러디스(1828~1909, 영국의 시인 겸 소설가)의 소설 『기로에 선 다이애나(Diana of the Crossways)』의 주인공

38. 조너선 스위프트의 소설 제목 『The Battle of the Books』

39. 「La mule du Pape」

40. 『헨리 4세(Henry IV)』, 『윈저의 즐거운 아낙네들(The Merry Wives of Windsor)』

41. 셰익스피어의 『오셀로』 3막 3장 중 '이아고'의 대사. 헬렌 켈러가 로버트 루이스 스티븐슨(1850~1894)의 작품 속 구절로 착각한 듯함

42. 1막 가운데 요정 '이오네'의 대사 중에서

이루어지는 꿈들

43. 퍼시 비시 셸리(1792~1822, 영국의 시인)의 「초대(The Invitation)」 중에서

44. moss rose, 채송화, 영어 별명과 달리 실제로는 쇠비름과의 풀

45. 「고린도후서」 12:10

헬렌 켈러. 1955년.

헬렌 켈러 연보

1880년 6월 27일　미국 앨라배마 주 터스컴비아에 위치한 생
　　　　가 '아이비 그린'에서 아버지 아서 헨리 켈러와 어머
　　　　니 케이트 애덤스 켈러 사이에서 태어나다.

1882년 2월　급성 열병을 앓고 나서 시력과 청력을 잃다.

1886년 여름　알렉산더 그레이엄 벨의 소개로 아버지가 보스
　　　　턴에 있는 퍼킨스 시각장애인학교 교장 마이클 애너그
　　　　노스에게 선생님을 요청하다.

1887년 3월 3일　마이클 애너그노스를 통해 가정교사로 온
　　　　앤 맨스필드 설리번에게 언어 교육을 받기 시작하다.

1887년 4월 5일　집 뒤뜰의 물펌프장에서 손으로 물을 받으
　　　　며 water(물)의 철자를 익히다. 모든 사물에 이름이 있

음을 깨닫다.

1888년 5월 설리번, 어머니와 함께 북부로 여행을 떠나 알렉
산더 그레이엄 벨을 만나다. 백악관에서 스티븐 그로
버 클리블랜드 대통령을 만나다. 퍼킨스 시각장애인학
교에 들어가 점자 교육을 받다.

1890년 호러스만 청각장애인학교에 가서 세라 풀러에게 발성
법을 배우다.

1891년 11월 마이클 애너그노스에게 생일 선물로「얼음나라
왕」이야기를 지어서 보내다. 하지만 표절 시비 끝에
마이클 애너그노스와의 관계가 단절되다.

1894년 10월 설리번과 함께 뉴욕으로 가서 라이트휴메이슨
청각장애인학교에 입학하다.

1895년 3월 소설가 마크 트웨인을 만나다.

1896년 8월 19일 아버지가 세상을 떠나다.

1896년 가을 스웨덴의 과학자 겸 철학자 에마누엘 스베덴보리
를 흠모하다.

1896년 10월 하버드 대학교 부설 래드클리프 대학에 입학하
기 위해 케임브리지 여학교에 들어가 공부하다.

1899년 7월 4일 래드클리프 대학으로부터 입학 허가를 받다.

1900년 9월 래드클리프 대학에 입학하다.

1903년 3월 편집자 존 앨버트 메이시의 도움을 받아 자서전

『내가 살아온 이야기』를 출간하다.

1903년 여름   시어도어 루스벨트 대통령을 만나다.

1903년 11월   『낙관주의』를 출간하다.

1904년 봄   설리번과 함께 매사추세츠 주 렌섬에서 집을 구입
해 정착하다.

1904년 6월 28일   래드클리프 대학을 졸업하여, 시청각장애인
으로서는 최초로 대학 졸업장을 받다.

1905년 5월 3일   설리번이 존 앨버트 메이시와 결혼해 세 사람
이 함께 살기 시작하다.

1908년 7월   『내가 사는 세상』을 출간하다.

1909년 봄   존 앨버트 메이시와 함께 매사추세츠 사회당에 가
입하여 여성참정권론자가 되다.

1913년 1월   설리번과 함께 순회강연을 시작해 이후 50여 년
간 계속하다. 사회주의자로서 쓴 글을 엮은 『어둠 밖으
로』를 출간하다.

1914년   존 앨버트 메이시가 이혼하지 않은 채 집을 떠나다.

1914년   폴리 톰슨이 가정부로 들어와 죽을 때까지 반려자로
서 함께 살다.

1916년 11월   존 앨버트 메이시의 보조 편집자인 피터 페이건
의 프러포즈를 받아들여 보스턴 시에서 결혼허가증을
받다. 어머니의 요구로 약혼을 파기하다. 건강이 나빠

진 설리번의 요양을 위해 폴리와 더불어 플래시드 호
수와 푸에르토리코를 여행하다.

1917년 10월　렌섬에 있는 집을 팔고 뉴욕 시 포레스트힐스로
이사하다.

1918년 5월　자신의 삶을 다룬 무성영화「해방」이 제작되어 이
듬해에 개봉되다.

1919년　영화배우 찰리 채플린을 만나다.

1921년 6월　어머니가 세상을 떠나다.

1924년 10월　미국시각장애인재단과 함께 일하기 시작하다.

1925년 6월　국제라이언스클럽에 시각장애인 구호를 호소하다.

1926년 1월 11일　존 캘빈 쿨리지 대통령을 만나다.

1927년 10월　에마누엘 스베덴보리 추종자로서의 생각을 모은
『나의 신앙』을 출간하다.

1929년 봄　자신의 후반생에 대한 자서전『생의 한가운데』를
출간하다.

1930년 4월　설리번, 폴리와 함께 6개월 동안 스코틀랜드, 아
일랜드, 영국(잉글랜드)을 방문하다.

1931년 4월　설리번, 폴리와 함께 제1회 세계시각장애인회의
에 참가하다.

1931년 8월　설리번, 폴리와 함께 프랑스, 유고슬라비아를 방
문하다.

1932년 5월　설리번, 폴리와 함께 스코틀랜드, 영국을 방문하다.

1932년 8월 26일　존 앨버트 메이시가 세상을 떠나다.

1932년 12월　미국시각장애인재단의 임원으로 선출되다.

1933년 6월　설리번, 폴리와 함께 스코틀랜드를 방문하다.

1936년 10월 20일　설리번이 세상을 떠나다.

1936년 11월　폴리와 함께 영국, 스코틀랜드, 프랑스를 방문하다.

1937년 4월　폴리와 함께 일본, 한국, 만주를 방문하다.

1938년 봄　1936년과 1937년의 자기 행적을 담은 《헬렌 켈러 일지》를 출간하다.

1939년 9월　뉴욕 시 포레스트힐스에 있는 집을 팔고 코네티컷 주 웨스트포트에 위치한 주택 아칸리지로 이사하다.

1943년 1월　제2차 세계대전에 참전했다가 장애인이 된 상이 군인들이 있는 여러 병원을 방문하다.

1946년 10월　미국시각장애인재단의 자매기관인 미국해외시 각장애인재단(AFOB)의 주선으로 세계 순회에 나서 폴 리와 함께 영국, 프랑스, 이탈리아, 그리스, 스코틀랜 드를 방문하다. 이후 11년 동안 5대륙 35개국을 방문 하다.

1946년 11월　집에 불이 나서 대부분의 살림살이가 타버리다.

1947년 9월　불났던 집과 거의 똑같이 지은 새집에 들어가다.

1948년 4월~8월　미국해외시각장애인재단 대표로 폴리와 함께 오스트레일리아, 뉴질랜드를 방문하다. 일본 방문 중에 폴리에게 뇌졸중이 발생해 나머지 일정을 취소하다.

1950년 봄~1953년 봄   폴리와 함께 세계 순회를 계속해 유럽, 남아프리카, 중동, 남아메리카를 방문하다. 영국에서 윈스턴 처칠 수상을 만나다.

1953년 겨울   자신의 삶을 다룬 다큐멘터리 영화 「불굴의 여인」(나중에 제목이 '헬렌 켈러 이야기'로 바뀜)이 개봉되다.

1953년   드와이트 데이비드 아이젠하워 대통령을 만나다.

1954년   생가 '아이비 그린'이 영구 보존 건물로 지정되다.

1955년 2월   폴리와 함께 인도, 일본을 방문하다. 인도에서 자와할랄 네루 수상을 만나다.

1955년 6월   하버드 대학교에서 여성으로서는 최초로 명예 학위를 받다.

1955년 12월   설리번의 전기 『선생님: 앤 설리번』을 출간하다.

1956년 봄   영화 「불굴의 여인」이 아카데미상(다큐멘터리 작품상)을 수상하다.

1956년 11월   퍼킨스 시각장애인학교와 화해하다.

1956년 겨울~1957년   설리번과 자신의 어린 시절 이야기를 다룬 극작가 윌리엄 깁슨의 희곡 「기적을 이룬 사람」이 텔레비전에서 방영되고 연극 무대에도 오르다.

1957년 5월   폴리와 함께 아이슬란드, 스칸디나비아를 방문하다.

1960년 3월 21일 폴리가 세상을 떠나다.

1961년 봄 존 피츠제럴드 케네디 대통령을 만나다.

1961년 10월 뇌졸중을 앓아 외부 활동을 중단하다.

1964년 9월 린든 베인스 존슨 대통령으로부터 '자유의 메달'
을 받다. 시상식에는 직접 참석하지 못하다.

1965년 '전미 여성 명예의 전당'에 이름이 오르다.

1968년 6월 1일 집에서 88세를 일기로 숨을 거두다. 워싱턴
국립대성당에서 거행된 장례식에 1,200여 명의 조문
객이 참석하다. 유해는 설리번과 폴리의 묘지에 안장
되다.

옮긴이의 글

헬렌 켈러는 1880년에 미국 앨라배마에서 예쁘고 건강한 아기로 태어났지만 생후 19개월에 병명을 알 수 없는 열병을 앓고 시력과 청력을 잃고 말았다. 아장아장 걸음마하며 귀여움을 독차지했던 아이는 소리도 빛도 없는 암흑 속에 갇혔고, 상처 입어 야생에 버려진 동물처럼 5년 동안 살았다.

하지만 헬렌은 스물한 살의 반(半)시각장애인인 앤 설리번으로부터 훈육과 글자 교육을 받으면서 다른 사람과 의사소통하는 방법을 배우고 사물과 인간의 실체에 대한 상징적인 지식을 습득하기 시작했다. 언어를 통해 다시 태어난 것이다. 헬렌은 이 책에서 놀라운 깨달음의 순간을 이렇게 묘사했다.

"물펌프에서 차갑고 신선한 물줄기가 콸콸 쏟아지는데 선생님이 내게 머그잔을 물줄기에 갖다 대게 하고선 'water'라고 적었다. 바로 '물'이었다! '물'이라는 말에 내 영혼이 깨어나 아침의 활기와 환희의 찬가로 가득 찼다."

헬렌은 이전까지는 어두운 방과 같았던 자신의 마음에 '말'이 들어오고 생각이란 빛이 비치기 시작했다고 고백했다.

글자에 눈을 뜬 헬렌은 앤 설리번의 헌신적인 교육과 점자를 통한 열렬한 독서로 언어에서 구원을 발견하고 감수성이 뛰어난 작가로서의 재능을 발휘하기 시작했다. 그리하여 래드클리프 대학 재학 시절인 스물세 살 때에는 앤 설리번과 함께 펴낸 자서전 『내가 살아온 이야기』에서 한 인간으로 살아가기 위해 분투하는 자신의 모습을 그려냈다. 이 책은 세계적으로 수백만 권이 판매되어 많은 사람들에게 용기와 희망을 주었다.

대학을 졸업한 헬렌은 자서전 판매 덕분에 비교적 여유로운 전원생활을 누리면서 「낙관주의」를 비롯한 많은 수필을 썼다. 이 책은 그 가운데 「내가 사는 세상」을 포함한 가장 빼어난 작품들을 엮은 것이다. 긍정적인 내용과 뛰어난 관찰력이 돋보이는 이 책은 헬렌의 개인적인 얘기를 포함해 감각을 통한 경험, 철학에 대한 성찰, 종교적 신념, 언어의 신비 등을 다루고 있다. 특히 「내가 사는 세상」은 헬렌을 일류 저자의 반열에 올려놓았다.

이 책은 다섯 편의 글로 이루어져 있다. 「나의 이야기」는 헬렌이 열두 살 때 써서 1894년에 발표한 자서전 성격의 글로, 아동기에서 성숙기로 넘어가는 과도기에 접어든 헬렌의 조숙한 정신을 보여준다. 딱딱한 표현과 시적인 표현이 혼합된 본문에서 앤 설리번의 가르침과 책의 세계에 몰입한 헬렌의 정신 세계를 엿볼 수 있다.

「낙관주의」는 낙관주의에 대한 헬렌의 생각을 모은 3장의 수필로 이루어져 있다. 여기서 헬렌은 신에 대한 신앙을 노래하고, 정치와 사회개혁에 대한 관심을 피력한다. 인생의 후반부에 사회에 봉사하는 삶을 살았던 헬렌의 흔들리지 않는 인류애가 잘 드러나는 글이기도 하다.

「내가 사는 세상」에는 15장의 수필과 자작시 「어둠의 찬가」가 실려 있다. 이것은 감각 경험과 지속적 자기성찰, 철학적 관념을 담은 사색적인 수필이다. 15장의 수필은 헬렌이 시도한 탄탄한 구조에 따라 세 부분으로 이루어져 있다. 1장 「손의 시력」부터 7장 「감각의 상대적 가치」까지는 헬렌에게 남아 있는 세 가지 감각, 특히 촉각을 통한 외부 세계의 인식을 다룬다. 8장 「오감으로 느끼는 세계」부터 11장 「정신이 눈뜨기 전」까지는 상상과 유추를 통해 감각의 세계가 열리고 사고와 자의식이 발달하는 과정을 이야기한다. 12장 「보다 관대한 허용」부터 15장 「생시의 꿈」까지는 점점 내면의 세계로 들어가며 꿈에 대한 과학적 설명을 시도한다.

그리고 뒤에는 각각 1927년 《퍼스낼리티》에 발표한 「이루어지는 꿈들」과 1933년 《홈 매거진》에 발표한 「행복해지는 가장 간단한 방법」이 실려 있다.

이 책을 번역하면서 시력과 청력을 상실한 사람의 글이라고는 도저히 믿을 수 없을 정도로 너무나 시각적이고 청각적인 묘사가 놀라웠다. 또한 캄캄한 암흑의 세계에서 언어를 습득하고 유추, 연상, 상상력을 통해 그 의미를 확장함으로써 상실된 감각을 회복하고, 외부 세계와 소통하며 심오한 철학과 무의식의 세계를 탐색하고 인류애를 일궜던 헬렌의 장애 극복 과정이 놀라웠다.

헬렌의 글을 번역하다가 살며시 눈을 감아보곤 했다. '과연 나는 이런 암흑의 세계에서 자신을 찾아가고 세상을 알아갈 수 있을까?' 정상적인 감각을 지닌 것이 얼마나 커다란 축복인지 모른다. 그러면서도 헬렌에게는 세상과의 연결 통로가 되고 감사와 깨달음의 원천이 되었을 미묘한 진동과 소리, 냄새를 지금 이 순간에도 얼마나 놓치고 사는지 모르겠다. 그런 미묘한 감각을 통해 발견할 수 있는 삶의 진리를 얼마나 깨닫지 못하고 사는지 모르겠다.

감각을 예리하게 열어놓고 느낄 수 있다면, 그래서 바깥으로 향한 에너지를 내면으로 돌릴 수 있다면, 좀더 놀라운 세상을 좀더 감사하는 마음으로 발견할 수 있으리라는 생각이 들었다. 헬렌이 얼핏 보기에 연관성 없는 이성의 힘으로 감각의 상실을 극복했듯이, 장애 극복을 결심하고 마음을 다해 방법을 찾는다면 반드시 길을 찾을 수 있으리라는 통찰력 또한 얻을 수 있었다.

헬렌 켈러가 그랬듯이, 이 책을 읽으면 누구나 암흑 속에서도 자신에게 주어진 자질을 활용해 길을 찾아 나아가고 진정한 자신을 발견하게 되리라 믿는다. 또한 이를 바탕으로 이웃과 사회 그리고 세계에까지 자아를 확장할 수 있을 것이다.

2009년 3월 23일
안기순

Picture Credits

American Foundation for the Blind _ p. 18; p. 21; p. 24; p. 105; p. 110. Library of Congress _ p. 4; p. 12; p. 36; p. 42; p. 53; p. 56; p. 66; p. 85; p. 96; p. 98; p. 114; p. 116; p. 122; p. 132; p. 135 up right & left, down right & left; p. 140; p. 146; p. 150; p. 155; p. 158; p. 164; p. 170; p. 176; p. 180; p. 184; p. 188; p. 192; p. 198; p. 204; p. 212; p. 226; p. 232; p. 237; p. 260; p. 262; p. 265 up & down; p. 270; p. 274; p. 278; p. 290. New England Historic Genealogical Society _ p. 32. Perkins History Museum _ p. 28